U0636310

国家社会科学基金项目"当代奇卡诺文学研究"(12CWW039)

教育部人文社会科学研究项目"多元文化视野下西班牙语裔美国文学研究"(12YJC752022)

当代奇卡诺文学研究

吕 娜／著

吉林大学出版社

·长春·

图书在版编目（CIP）数据

当代奇卡诺文学研究/吕娜著. -- 长春：吉林大学出版社, 2021.4
ISBN 978-7-5692-8148-4

Ⅰ.①当… Ⅱ.①吕… Ⅲ.①现代文学－文学研究－美国 Ⅳ.①I712.065

中国版本图书馆CIP数据核字(2021)第060303号

书　　名：当代奇卡诺文学研究
　　　　　DANGDAI QIKANUO WENXUE YANJIU

作　　者：吕　娜　著
策划编辑：李承章
责任编辑：周　婷
责任校对：赵　莹
装帧设计：刘　丹
出版发行：吉林大学出版社
社　　址：长春市人民大街4059号
邮政编码：130021
发行电话：0431-89580028/29/21
网　　址：http://www.jlup.com.cn
电子邮箱：jdcbs@jlu.edu.cn
印　　刷：广东虎彩云印刷有限公司
开　　本：787mm×1092mm　　1/16
印　　张：9.5
字　　数：170千字
版　　次：2021年4月　第1版
印　　次：2021年4月　第1次
书　　号：ISBN 978-7-5692-8148-4
定　　价：68.00元

版权所有　翻印必究

目　　录

绪　论

　　奇卡诺文学作为当代美国文学多元文化格局中的一种文学形态，勃兴于20世纪60年代社会民主运动的浪潮中。在奇卡诺运动中"精神宣言"的引领下，新一代奇卡诺作家和评论家脱颖而出，他们用作品展示着他们在追求文化身份认同方面所付出的努力。奇卡诺文学于20世纪八九十年代进入全面繁荣，至今方兴未艾。其鲜明的文化特色不仅引起美国社会和学术界的普遍关注，也得到欧洲乃至全世界的瞩目。有关奇卡诺文学的作品和批评论述纷纷出版和发表，角度多样，让人深感此族裔文学的蓬勃发展之趋势。

一、奇卡诺文学批评的发展阶段

　　关于奇卡诺文学批评的发展，根据约瑟夫·索默（Joseph Sommers）的观点，在20世纪七八十年代，奇卡诺文学最重要的批评趋势是文化批评、形式主义批评和历史辩证主义批评[①]。索默的这个观点对奇卡诺领域的研究非常重要，因为实际上，文化批评、形式主义批评、历史辩证主义批评和后现代主义批评，不仅是研究奇卡诺文学的多重视角，也是奇卡诺文学研究的发展脉络。

　　首先，墨西哥裔美国文学的文化研究始于1986年人类学研究专家菲舍尔（Fischer）在詹姆斯·克利福德（James Clifford）和乔治·马库斯（George E. Marcus）非常有影响力的论文集《文化书写：民族志的诗学与政治》（*Writing Culture: the Poetics and Politics of Ethnography*，1986）中发表的论文《民族和记忆的后现代艺术》（*Ethnicity and Post-modern Arts of Memory*）。这一话题

[①]　From the Critical Premise to the Product: Critical Modes and Their Application to a Chicano Literary Text.

迅速得到了许多评论家的关注。族裔研究是文化研究的热点。文化研究的对象既包括"主流文化",又包括"非主流文化"。虽然无论是"主流"文化还是"非主流"文化,它都具有普遍的社会学意义,但文化在政治上却绝不会中立,因为它涉及种族、阶级和性别等问题。美国作为一个多种族的移民国家,除了占人口大多数的欧洲白种人,还有非裔、亚裔和现在所说的墨西哥裔美国人等,这些少数族裔无疑为文化领域的思考注入了新的活力,为文化批评提供了新的视角和新的模式。少数族裔与"主流"文化之间的交流本身就是一个过程,既然是交流,那么这个交流就应该是一个主动、积极、充满活力的过程,而不仅仅是被动的、单向的文化接受。

20世纪60年代,奇卡诺运动高涨,文化批评最受欢迎。这种批评建立在"文化独特性"(cultural uniqueness)[1]的概念基础上,对奇卡诺文学来说,它强调奇卡诺文化的特质和同美国"主流"文化的区别,如语言形式、家庭结构、文化象征和宗教观、民族信仰等诸多方面的不同。有学者认为,只有奇卡诺人自身才能真正理解和诠释奇卡诺文学作品,因为"血统本身赋予他们对奇卡诺身份理解的先天优越性"[2]。这种说法也为奇卡诺的评论家和批评家做出善意的提醒,要想更好地理解奇卡诺文学,读者必须要具备阿兹特克文明和玛雅神话的丰富知识,还要了解西班牙殖民统治时期遗留下来的文化象征和神话传说,这些都是文化主义者关注的焦点。

种族问题是文化研究的重要关注点,文化批评的范围是建立在有限的文化和种族标准基础上的,正如索默在1977年指出,"文化是人类存在的重要方式,而文化批评的方法则将种族当成文化中的一个非常重要的因素"[3],奇卡诺文化研究的一个重点就是它独特的民族来源,它是不同种族——印第安血统、西班牙血统和北美白人血统的融合。民族来源的复合性和复杂性以及政治、经济、社会和文化的环境赋予种族的特殊意义,更凸显出它的"文化特殊

---

[1] Neate, Wilson.Tolerating Ambiguity: Ethnicity and Community in Chicano/a Writing [M].Many voices, vol.3.New York: Peter Lang, 1998: 25.

[2] Neate, Wilson.Tolerating Ambiguity: Ethnicity and Community in Chicano/a Writing [M].Many voices, vol.3.New York: Peter Lang, 1998: 25.

[3] R.Romo & R.Paredes Eds. New Directions in Chicano Scholarship [M].Austin: The University of Texas, 1977: 57.

性"。而且，无论是种族意识，还是它的历史和文化总是不断变化的，处于不断建构之中。而强调文化上的差异性和多样性是目前大多数研究全球化与文化问题的学者所乐见和赞成的研究趋势。

对奇卡诺文学，索默提出的"文化独特性"的文化主义也有其局限性。一方面，对奇卡诺文学中神话原型的过分强调容易模糊社会经济剥削的真正根源；另一方面，它容易将文化的多元变成文化的两极，一端是奇卡诺文化，另一端是盎格鲁文化即美国的主流文化，这种僵化的两分法会容易导致文化视野的狭隘化。

奇卡诺文化批评的另外一个缺欠就是对性别问题的忽视。奇卡诺文学研究专家奥克塔维奥（Octavio Ignacio Romano）在其很有影响的论文《墨裔美国人的历史和理性存在》（*The Historical and Intellectual Presence of Mexican Americans*，1969）中就特别提到了这一点。他认为，奇卡诺文学和文化本身就是"革命的"，是具有对抗性和斗争性的，是男性的文化，他完全忽略了女性的因素。

第二种重要的奇卡诺文学批评是索默提出的形式主义批评，它强调比较方法的应用和对文本细读的观照。比较方法的应用主要是影响研究，研究奇卡诺作家和作品风格的影响来源。而奇卡诺文学研究专家布鲁斯·诺维亚（Bruce-Novoa）的文章《奇卡诺文学空间》（*The Space of Chicano Literature*，1975）就是文本细读批评方法的典型代表。这篇文章倡导每一部奇卡诺作品都应有它存在的原因和位置。他甚至设想扩大奇卡诺文学经典作品的范畴来反映奇卡诺群体经历和文化的丰富性。经典作品不仅要包括男性作家作品，还应当包括女性作家和同性恋作家作品。对经典的重塑不仅是一个事件，也是文学批评发展的过程。诺维亚的观点不仅扩大了文本阅读的范畴，也改变了奇卡诺文学批评的视角和方式，将奇卡诺和奇卡纳文学看作一个整体来研究，这颠覆了之前人们的观念，大有取代文化批评研究的势头。

虽然诺维亚倡导的批评视角突破了当时流行的主要研究方法的局限，但也容易陷入具体文本和历史社会背景相分离的误区，倘若如此，那么诠释得出的结论就只限于人们的想象空间，并无现实基础，毫无疑问，与现实脱节的批评便容易成为对作品的单纯文学性分析。幸而诺维亚也坚持奇卡诺文学作品的动态变化，主张它应随着时间的推移，社会、文化和政治的变化而有所发展，并势必要经历不同文化间的互动。

第三，历史的和唯物主义的分析是对奇卡诺文学诠释的另一角度。斯坦福大学奇卡诺研究著名学者拉蒙·萨蒂瓦尔（Ramon Saldivar）的《差异辩证法：奇卡诺小说理论》（*The Dialectics of difference: Toward a Theory of the Chicano Novel*）就是这方面的经典论述。拉蒙·萨蒂瓦尔坚持对奇卡诺文学进行社会的、文化的和历史的批评分析。拉蒙·萨蒂瓦尔的兄弟何塞·大卫·萨蒂瓦尔（Jose David Saldivar）同样是奇卡诺文学研究专家，在自己的专著《美洲辩证法：宗谱、文化批评和文学史》（*The Dialectics of our America: Genealogy, Cultural Critique and Literary History*）中也试图重新书写美国历史，证明奇卡诺文学是奇卡诺经历中不可缺失的部分。毫无疑问，这两位学者已经把奇卡诺文学的研究重点转向奇卡诺历史分析，视历史为"文学形式和内容的决定性因素"[①]。

在拉蒙·萨蒂瓦尔的另外一部经典著作《奇卡诺叙述：差异辩证法》（*Chicano Narrative: The Dialectics of Difference*）中，他依然坚持奇卡诺叙述和历史的密切联系。萨蒂瓦尔认为，奇卡诺叙述和历史是不应该有严格区分的，"因为历史不仅仅是文学的背景，历史本身就是话语的主题"[②]，奇卡诺叙述本身就是奇卡诺历史的意识形态批评。而且奇卡诺叙述强调其文化与他者的差异性，而非相似性，"冲突"是文学主题的核心，任何不能公开表达冲突或是对抗社会关系的奇卡诺批评都不是社会历史学的批评方法。

拉蒙·萨蒂瓦尔还认为种族和阶级斗争对理解20世纪新墨西哥的全程历史有着至关重要的作用，这些互相关联的对抗性力量既是这一时期发生变化的主要动因，也是新墨西哥复杂历史的强有力证据。但萨蒂瓦尔的局限在于他把关注的焦点更多地放在了阶级斗争和种族冲突上，而完全忽视了女性的经济活动。虽然萨蒂瓦尔承认奇卡纳女性作家在社会上受排斥的事实，也认同奇卡纳

---

① Saldívar, Ramón.Chicano Narrative: The Dialectics of Difference [M]. Madison, WI: The University of Wisconsin Press, 1990: 3-9.

② Saldívar, Ramón.Chicano Narrative: The Dialectics of Difference [M]. Madison, WI: The University of Wisconsin Press, 1990: 5.

文学是"对抗男权主义为中心的奇卡诺叙述的有益选择"①，但他的方法论却是明显建立在以男权文化和主流经典叙述为核心的基础之上。但无论如何，像诺维亚一样，这些都是拉蒙·萨蒂瓦尔在超越原有解读方式和拓展批评范畴的过程中对奇卡诺/纳文学批评做出的积极有益的尝试，并产生了重要的影响。

　　第四种方法是后现代主义批评的方法。加拿大著名文学理论家何钦（Hutcheon）认为，后现代主义批评的作用就是"阐明那些隐藏的或是潜在的东西，无论它是意识形态的还是修饰性的"②。许多从事奇卡诺研究的批评家都认为后现代理论可以超越意义的局限，而更倾向采用这种方法。多元文化主义同后现代主义的交叉和互补更是给彼此一个新的视角，通过体察奇卡诺经历的异质性探求蕴含其中的普遍价值，使奇卡诺批评更具丰富和多样性③。换句话说，后现代理论破除了西方白人文化的霸权，而多元文化主义则为边缘人群提供了倾诉的空间。这样的话语让人们开始了解奇卡诺历史和奇卡诺文学④。

　　除了批评方法，文化批评、形式主义批评、历史辩证主义批评和后现代主义批评，女性主义批评方法也是近年来对奇卡纳文学研究最热门的批评方法之一。

　　20世纪80年代中期，奇卡纳文学作品依然被严重地排除在美国"主流"文学和奇卡诺经典作品之外。究其原因，当然有出版的问题，她们的作品在出版界本身就是被排斥的，但根本上，还是人们的思想问题，人们认为女性作家提出的问题并不是极为重要的问题，即使是像弗朗西斯·罗密利（Francisco Lomili）这样的奇卡诺问题研究专家都认为奇卡纳作品是登不了大雅之堂的平民作品，那么奇卡纳作家就更不能进入卓有成就的女性作家之列。这就意味着奇卡纳女性作家的文本已经被排除在严肃文学和"真正的"奇卡诺文学经典之外。造成这一现象并不是因为她们的作品不够出色，而是

---

① Saldívar, Ramón.Chicano Narrative: The Dialectics of Difference [M].Madison,WI: The University of Wisconsin Press, 1990: 175.
② Hutcheon,Linda.A Poetics of Postmodernism [M].New York and London: Routledge,1988: 21.
③ Perez-Torres, Rafaels.Movements In Chicano Poetry: Against Myths, Against Margins [M]. New York: Cambridge University Press, 1995: 143.
④ Perez-Torres, Rafaels.Movements In Chicano Poetry: Against Myths, Against Margins [M]. New York: Cambridge University Press, 1995: 146.

有其社会和历史根源。

尽管如此，但自从20世纪80年代以来，社会学界开始出现了大量的奇卡纳文学批评，对桑德拉·西斯内罗斯（Sandra Cisneros）、阿尔马·维拉纽瓦（Alma Villanueva）、伯尼斯·萨莫拉（Bernice Zamora）、安娜·卡斯特罗（Ana Castillo）、丹尼丝·查韦斯（Denise Chavez）、浪迪·塞万提斯（Lorna Dee Cervantes）、格洛利亚·安扎杜尔（Gloria Anzaldua）和切瑞·莫拉加（Cherrie Moraga）等女性作家作品的评论也接踵而至。性与性别的研究逐渐成为人们关注的焦点。虽然一开始人们关注的重点是女性在文学领域所受的不同形式的排斥，但后来人们开始深入思考如何对抗这种排斥。奇卡纳对抗的第一个策略就是为墨裔妇女身份创造一个专有名词，"奇卡纳"（chicana），而不是"奇卡诺"（chicano），从词尾的变化就可以显见词语本身阴阳性的变化和性别区分。而当两者并置时，是奇卡纳/诺（chicana/o）而不是奇卡诺/纳（chicano/a）。结尾字母前后位置的变化，即将女性阴性的标志置于前表现了对女性给予的充分肯定和认同。这种文字上的改变"宣告了没有性别划分的墨西哥裔美国文化和政治身份主题的结束"[①]。此后，伴随着性/性别批评的发展，对男/女同性恋作品的研究也开始多了起来。

在众多的奇卡纳批评家中，加州大学学者、妇女研究专家诺玛·阿拉尔孔（Norma Alarcon）可以说是理论性最强的一位，她的理论构想也来源于法国和美国的女性主义批评。虽然以心理分析为基础的文本分析是分析奇卡纳作品的有效手段，但很多奇卡纳批评家包括诺玛·阿拉尔孔在内，依然认为主流的女性主义批评在处理具体问题时有它的局限性。美国主流的女性主义批评并不能完全解释由于性别、种族、阶级和语言的不同而受到歧视的边缘女性群体的问题。奇卡纳研究专家伊冯娜（Yvonne Yarbro-Bejarano）也认为，奇卡纳女性主义批评的最重要特征就是要意识到，"奇卡纳作为女性的经历同她作为少数族裔受压迫的工人阶级的身份是分不开的，她们的文化也不可能是主流的文

---

① De la Torre and Pesquera.B.M.ed. Building with Our Hands: New Directions in Chicana Studies [M]. Berkeley, Calif.: University of California Press, 1993: 39.

化"①。因此，批评家的任务就是"如何把奇卡纳作品中的性、种族、文化和阶级问题结合起来"②。鉴于奇卡纳在美国的特殊经历，她们的文学和文学批评也必然不可能是白人女性主义的翻版，而要充分表现奇卡纳文化和经历的丰富性和特殊性，需要创造适合自己的文学批评理论。奇卡诺/纳研究学者瑞博里都（Rebolledo）也有类似的观点，认为奇卡诺/纳应该有自己的理论体系。"我个人认为用男性倾向的，法国女权主义的，后结构主义的或任何一种主义来诠释我们的文学作品都不是最恰当的。我更倾向于让文学本身说话，作为一个批评家，要试图组织它，理解它……而不是先找到理论，然后把它套用在我们的文学作品上"③。无论伊冯娜还是瑞博里都，他们都在以自己的方式试图建立奇卡纳的女性文学传统。

得克萨斯州立大学教授，著名奇卡纳文学研究专家萨蒂瓦尔·胡（Saldívar-Hull）在《边界的女性主义：奇卡纳性政治与文学》（*Feminism on the Border: Chicana Gender Politics and Literature*，2000）中也同样对用以欧洲中心主义为核心的女性批评理论来理解奇卡诺或奇卡纳文学提出质疑。萨蒂瓦尔·胡认为，她的边界女性主义理论是一个不断往返于自我与全球视角的经验④，处于不断的变化之中。她坚持用她的女性主义策略批评视角看待奇卡纳女性主义文本，以及文本展示出的具体社会和政治问题。在她看来，奇卡纳文学本身就是"对抗性"文学，不断在其文学作品中表现出独特的政治美学和身份政治。

① Maria Herrera-Sobek and Helena Maria Viramontes.Chicana Creativity and Criticism: New Frontiers in American Literature [M].Mexico: Irvine Mexico University of California, 1988: 214.

② Maria Herrera-Sobek and Helena Maria Viramontes. Chicana Creativity and Criticism: New Frontiers in American Literature [M]. Mexico: Irvine Mexico University of California, 1988: 214.

③ Maria Herrera-Sobek and Helena Maria Viramontes.Chicana Creativity and Criticism: New Frontiers in American Literature [M].Mexico: Irvine Mexico University of California, 1988: 208.

④ Saldívar-Hull, Sonia.Feminism on the Border: Chicana Gender Politics and Literature [M].Berkeley: University of California Press,2000: 54-55.

二、跨国民族主义与奇卡诺文学研究

伴随着全球化时代的到来，"跨国民族主义"不仅成为全球化时代的必然产物，也成为当代最具影响力的前沿学术思潮之一。虽然跨国民族主义作为全球化范畴内的社会思潮和文化现象早已存在，但在高科技信息时代的今天，这一观念及其相关行为以更迅猛的速度发展起来。萨斯起亚·萨森（Saskia Sassen）甚至将这一现象称之为另一形式的"第三空间"（Third Space），是超越国家体系的新型民族主义情结，这也与安扎杜尔感知的"第三空间"不谋而合。

弗雷德里克·詹姆逊也说，全球化是"无论如何不可避免的"。伴随着经济全球化和信息全球化，文化也出现全球化的大趋势。全球化的各种新要素，如互联网、高科技等相互作用，民族和国家的传统概念不断面临新挑战。全球化与本土文化的碰撞正在逐渐改变我们认知世界和认识自我的方式。我们必须意识到，对于文化差异的认识不仅要立足于本土文化，还要在全球文化的流动过程中结合个人与群体的经验来完成。文化差异不再是固定和一成不变的，而是有着相当的弹性。文化之间的交流不是单向的，而是双向和多重的。虽然跨国民族主义思潮在文学领域具有文化主义导向，但它力争将文学现象置于大的社会背景和全球环境中考察，还是有着切实的理论意义和现实意义。

跨国民族主义与奇卡诺文学也有着密切的联系，我们所说的跨国主义不仅是两国之间的物质交互，也有在这个社会网络中其他方面的交互。因此，本书的目的在于不仅要立足奇卡诺文化，也要将奇卡诺文学置于跨国主义和全球主义的背景下研究，探讨奇卡诺文学的新特点和新特色。

在这样的大环境下，跨国主义视角有助于突破民族和国家的传统观念，改变传统的研究分析框架，解构将母文化和移居地文化作为移民社会过程两极的二元对立的社会知识体系和视角，实现社会科学研究在认识论、知识论和方法论的新发展。跨国主义的视角让人们在诠释奇卡诺文学时用更加宽容的态度审视个体之间、群体之间乃至国家之间的关系，倡导让此岸和彼岸从对立走向合作，主张用更长远的眼光来打造全球化的和谐体系。

　　本书从跨国民族主义角度出发，紧扣"民族认同"这一主题，通过对四位颇具代表性的奇卡诺作家及其作品的解读，探究全球化背景下当代奇卡诺文学与世界历史与文化之间的互动关系，强调全球化并不是简单的西方化或美国化，奇卡诺文化与美洲文化，乃至全球文化都存在着一种复杂和双向的动态关系。这也代表着所有地方文化与全球文化的关系。文化间的互动过程不应追求简单的非此即彼的二元论，而应该觉察文化间的多向流动性与协商，觉察文化间的多层维度与复杂性，使文化更具包容性。

　　本书的理论基础来自史蒂芬·沃特维克（Steven Vertovec）和波特（Alejandro Portes）的跨国主义思想。根据沃特维克的观点，跨国主义从广义上讲是指"在国家民族边界空间的人或机构群体之间的多重连接与互动，……跨国主义作为长距离的网络系统，一定高于国家和民族"①。或者说，虽然两国有一定的距离或者相隔边界，但它们之间的联系仍然非常紧密。他所说的跨国主义是一种社会形态学，包含跨国的社会现象。而且跨国意识不仅与双重意识或者移民离散意识有关，还与文化输出模式相关，这种文化产出模式强调的是混血的文化显像与跨国主义的关系。他还强调，跨国主义是资本来源的一个途径，是政治参与的场所，是位置的重建。但根据波特的观点，跨国主义蕴含的内容，其复杂度也远超于此，是指一种有规律的、持续性的跨国社会联系和跨国实践。移民的跨国实践是理解跨国主义的关键。他还认为跨国主义行为涉及个人、社区和更大的社会网络，而从方法论上说，以个人经历为研究基础也是理解跨国主义的有效手段之一②。社会形态学、离散意识和文化杂合是跨国主义的三个维度和视角，讨论奇卡诺人在移民国的社会地位，探讨在双文化间的意识变化，这本身也是一个跨文化的现象。奇卡诺人生活在两种社会环境中，说着两种不同的语言，在两个国家都有属于自己的家园，在两国边界持续不间断地来往穿梭。这样的生活模式帮助他们在边界建立了一套关系网络，这样的关系网络并不是由单一的国家或者民族形成的，必定需要两国甚至多国的

---

①　Vertovec, Steven. Conceiving and Researching Transnationalism [J]. Ethnic and Racial Studies, Vol.22, No.2.1999.

②　Alejandro Portes, Luis E. Guarnizo &Patricia Landolt, The study of transnationalism: pitfalls and promise of an emergent research field [J]. Ethnic and Racial Studies, Mar. 1999, vol.22（2）.

参与。

而德国政治学家托马斯·费斯特（Thomas Faist）提出的跨国社会空间概念也是跨国主义的重要概念，这里的空间不仅是指地理空间，也指代跨国的社会生活和主观想象，是有活力的社会过程。跨国社会空间和跨国社会网络的提出是跨国主义研究的重要的理论突破，跨国实践、跨国社会空间和跨国认同也是跨国主义研究的三个重要概念①。

本书主体部分包括五章，其结构与内容简介如下：

第一章是奇卡诺文学的诞生与发展。奇卡诺文学的发生和发展有其历史和社会背景。在20世纪六七十年代美国民权运动后，美国的拉美裔族群迅速崛起，成为不可小觑的美国少数族裔，美国墨裔群体作为拉美裔群体中人数最大的一个分支，他们的文艺复兴为奇卡诺文学的发展奠定了良好的基础，并且在新时期呈现出新的特色和发展趋势。美国文学跨国民族主义研究的转型也为奇卡诺文学的研究提供了新的视角。

第二章论述了在奇卡诺文学奠基之作《边土》中，安扎杜尔如何完成了从奇卡诺民族主义到跨国民族女性主义的转变。阿兹特兰精神是让奇卡诺人引以为傲的民族主义精神，但奇卡诺文化中又蕴含着杂合与混血的历史，于是，《边土》无疑成为读者感知跨越国界、跨越民族的完美范本。另外，安扎杜尔也是一位奇卡纳女性主义者，她的"新女性混血意识"又从另一个层面诠释着作品中的跨国民族女性主义立场。

第三章是对鲁道夫·安纳亚作品跨国主义视角的解读。安纳亚是奇卡诺文学领域教父级的人物，这样一位作家，称自己为世界公民，毕生的使命就是要完成本土与世界的对话。他要成为"新世界的人类"，而他看待世界的视角也如此多元，跨越美洲的魔幻现实主义是他审视世界与诉说故事的视角之一。

第四章是对桑德拉·西斯内罗斯的两部代表作《芒果街的小屋》和《卡拉米洛》的诠释。空间概念一直是跨国主义不可避免的话题，正如上文所述，跨国社会空间和跨国社会网络是跨国主义研究的重要议题，那么，这一章节就试图审视西斯内罗斯如何在这两部作品中完成对跨国社会空间建构的。此外，记忆也成为一种维度和空间，让多种文化遨游其中。

① 丁月牙. 论跨国主义及其理论贡献 [J]. 民族研究, 2012（3）: 1-12.

　　第五章是在安娜·卡斯特罗的作品中探讨奇卡诺精神的混血性。卡斯特罗是具有高度创新意识的作家和批评家，也是位坚定的奇卡纳女性主义者，她创造的"杂糅奇卡纳女性主义"不仅是她的政治宣言，也是她的文化梦想。

　　本书试图通过这四位奇卡诺作家及其作品的跨国主义视角解读让读者感受到跨国文化间的相互交流和融通。他们用跨民族的视角来解读历史、记忆、文化、空间、性与性别的关系。他们生活在美国的环境中，但他们在美国的生活却与墨西哥文化密切交织。他们的作品并不仅仅建立在民族主义基础上，而是具备更广阔的跨国民族主义的视角。

第一章　奇卡诺文学的诞生与发展

第一节　拉美裔美国人的崛起

众所周知，美国是典型的移民国家，一直以民族大熔炉和多元文化的特性著称。在美国人口中，欧洲白种人是主体，除了盎格鲁-撒克逊人之外，还有德意志裔美国人、爱尔兰裔美国人、斯拉夫人、犹太裔美国人，等等。此外，美国还有许多有色人种，是美国的少数族裔，这其中包括非洲裔美国人、拉美裔美国人和亚洲裔美国人；等等。但随着20世纪六七十年代民权运动的结束，国际形势日新月异，欧洲裔白人的人口比例明显下降，美国新移民的数量以惊人的速度不断攀升。

在这些新移民中，拉美裔移民人口比重急剧增加。如果说20世纪九十年代美国非裔人口仍是美国第一大少数族裔，那么在21世纪之初，这一局势或将因拉美裔人口惊人的增长幅度得到扭转。他们持续不间断大规模地进入美国，更加之他们的高出生率，使他们在美国人口中的比重不断攀升，预计到2050年，拉美裔人口的比重将达到美国总人口的25%[①]。

拉美裔美国人在美国从一个不受重视的边缘群体，到现在成为不容忽视的人群，不仅是因为它急剧增加的人口，还因为他们是美国除了英语之外的第

---

① United Nations. Population Challenges and Development Goals [R]. New York: 2005: 33.

二大语言群体——西班牙语群体①。美国的西语裔人口是指那些讲西班牙语或其文化渊源于西班牙的拉美人，并通常将墨西哥人、波多黎各人、古巴人、多米尼加人和哥伦比亚人视作西语裔群体中的五个主要成员②。这些地方曾是西班牙的殖民地，因此他们中的大部分人是欧洲白人与印第安人的混血后裔。虽然西班牙语几乎成为他们的母语，他们也世代深受西班牙文化影响，但他们的文化也是混血的文化，是多种文化的融合，这其中包括西班牙文化、葡萄牙文化、非洲文化、土著印第安文化、天主教、伊斯兰教和犹太教，等等，文化的交融性是其最大的特征。

随着拉美裔美国人在人数上和社会地位上的不断提高，他们已经成为美国社会中人数最多、颇具影响力的少数民族。有学者甚至认为美国正在面临拉美化的历史进程，这一种族人口发展的趋势将意味着美国社会和族裔政治格局的深刻变化。哈佛大学政治学学者塞缪尔·亨廷顿于2004年在他出版的《我们是谁：对美国民族认同的挑战》也提出了颇具影响力的观点：拉美裔移民将会对美国社会构成巨大威胁，原因有两个：第一，他们的人口发展迅速。他们众多的移民人数及较其他族裔更高的出生率，使之超过非洲裔移民成为美国最大的少数族裔；第二，拉美裔移民居住地相当集中。20世纪90年代，拉美裔移民大部分集中在美国的西南地区，如加州、得克萨斯州、纽约州、佛罗里达州、新泽西州与伊利诺伊州等，特别是加州，洛杉矶是他们的最大聚集点。拉美裔人口的激增不仅使该地区的种族结构发生了很大变化，还对当地的文化产生了深刻的影响，轻视西班牙语和拉美文化的现象已经变得相当罕见，人们可以在不同场所，如商店、医院、公园等听到西班牙语的交谈③。

亨廷顿的文明冲突论引起了美国舆论界的巨大反响。但根据以上特点，我们可以感知到亨廷顿的担心也不无道理。如果这种态势继续发展，大规模的拉美裔移民将有可能使美国日益分化成为"两个民族、两种文化和两种语

---

① 以下简称为西语群体，而在美国的西语群体被称之为西语裔美国人。它与以上所说的拉美裔美国人还略有不同，拉美裔美国人指的是来自拉丁美洲国家如古巴、墨西哥等地说西班牙语、法语和葡萄牙语的移民及其后裔，虽然他们大部分说西班牙语，但还有少部分，如巴西说葡萄牙语，圭亚那说英语和苏里南说荷兰语，等等。因此，简单地说，西语裔美国人是拉美裔美国人中的绝大部分人群。

② Taylor, Ronald L.Ed. A Multicultural Perspective [M].3rd ed.New York: Prentice Hall, 1998: 75.

③ 陈奕平. 当代美国西班牙裔人口的变动特点及其影响 [J].世界民族, 2002 (5): 46.

言"①的国度。虽然有学者认为亨廷顿的观点过于危言耸听，但不得不承认，"拉美裔移民潮"的到来对美国的政治、经济和文化都产生了重大的影响，拉美裔美国人是美国社会中"沉睡的巨人"。

在亨廷顿看来，对美国产生最严峻挑战的拉美裔移民当中，墨西哥人是人数最多，也是最具代表性的族群。在美国的美洲移民中，"来自与美一河之隔的墨西哥人人数占1/2，来自加勒比海诸岛国的占1/4，来自中美洲诸国的占1/8，而来自距离较远的南美洲各国的只占1/8"②。墨西哥裔移民不仅人数众多，而且与美国的渊源也最深。在1846年至1848年的美墨战争中，美国夺走了墨西哥的大部分领土。但有着强烈民族自尊心的墨西哥人却并不想放弃墨西哥的古老文化，他们仍然视美国西南部为他们的精神家园。他们对美国的民族构成，乃至经济、政治和文化都产生了深刻的影响。

从文化角度讲，美国的墨西哥人也发展出属于自己独具民族特色的美国文学，墨西哥裔美国文学也称为奇卡诺文学，墨西哥裔美国文学中的女性文学称之为奇卡纳文学。"奇卡诺"和"奇卡纳"专有名词的使用是20世纪六七十年代"奇卡诺运动"中墨裔美国人取得的最显著的斗争成果，新名词的使用也旨在强调墨裔美国人强烈地对民族身份的认同。奇卡诺/纳文学就像他们的肤色一样，是具有"混合血统"的文学，它是一定历史条件下的产物，"是不同人种的混血，即西班牙人、墨西哥人、印度人以及盎格鲁人的混血，是以种种日益增强的文化冲突事件为特征的环境条件下逐渐形成"③。

在美国的少数民族中，奇卡诺人也几乎是最有条件保持他们独特文化遗产的群体。他们坚信，"墨西哥裔美国人文学的源头在墨西哥"④。其他少数民族无法比拟的地缘优势使墨裔美国人频繁往来于美国和墨西哥之间，"在瓜达卢佩和伊达尔戈条约签订之后经过好几代人的时间，这些新的美国公民在风

---

① 塞缪尔·亨廷顿. 我们是谁 [M]. 北京：新华出版社，2005：95-97.
② 张善余. 世界人口地理 [M]. 上海：华东师范大学出版社，2002：334-336.
③ 埃默里·埃利奥特. 哥伦比亚美国文学史 [M]. 朱通伯，译. 成都：四川辞书出版社，1994：665. 在这一注释中，笔者认为，"印度人"应翻译为"印第安人"。"安哥罗"在现代一般翻译为"盎格鲁"，以下文中，统称为"盎格鲁"。
④ 埃默里·埃利奥特. 哥伦比亚美国文学史 [M]. 朱通伯，译. 成都：四川辞书出版社，1994：667.

俗习惯或文学方面同他们住在南部邻国的同胞并没有什么明显的差别"①。巨大的流动性是21世纪墨西哥人口的最显著特征。居住在美国的墨西哥人至少每两年就要回到墨西哥社区，回到自己的故土一次。其历史身份也随着地理疆域之间的不断跨越在两者之间徘徊。

与美国其他少数民族不同，墨裔美国人似乎没有强烈地融入美国社会的愿望。天主教信仰使得他们漠视对物质利益的追求而安于贫困，他们也没有对"美国梦"的迫切追求；而对故土却总是充满了无限的眷恋。几个世纪以来，与其他移民相比，他们难以割断与故国的联系，总是渴望着回乡探亲访友，甚至参加投票选举；目前在美国出生墨裔人口大多已经不存在语言的障碍，但他们的家庭传统却依然要求子女必须会说西班牙语，力求以这种方式保留墨西哥传统文化。在这样的历史背景下，它的文化和文学也具有跨文化和跨国民族主义的性质。"19世纪下半叶，当一种具有鲜明特色的墨西哥裔美国文学开始出现时，它所经历的发展过程是一切边疆文化都共同经历过的。……到了1900年，墨西哥裔美国文学已经成为整个美国文学体系中独具特色的组成部份，在西南部地区文化中留下了不可磨灭的印记。"②

第二节 奇卡诺文艺的复兴及其当代发展新趋势

一、奇卡诺运动

20世纪60年代，美国社会民主运动风起云涌，从黑人争取民主权利运动到妇女解放运动，整个美国都处于社会变革之中。美国黑人民族主义运动的高涨引起了墨裔美国人的共鸣，于是，20世纪60年代末，美国墨裔人口争取民族自由、平等权利的社会运动——"奇卡诺运动"开始在全国范围内轰轰烈烈地开展起来。

奇卡诺运动初期是美籍墨西哥学生的民主运动，他们希望通过自身的民

---

① 埃默里·埃利奥特. 哥伦比亚美国文学史 [M]. 朱通伯, 译. 成都: 四川辞书出版社, 1994: 665.

② 埃默里·埃利奥特. 哥伦比亚美国文学史 [M]. 朱通伯, 译. 成都: 四川辞书出版社, 1994: 665-667.

权运动，抵抗在美国社会中遭受的种族歧视，争取平等的民主权利。而后，奇卡诺运动的另一动因是墨裔美国军人在二战后受到的不公正待遇。二战中，他们与美国将士并肩作战，出生入死。但战争后，他们在战争中的英勇行为并未赢得美国社会应有的尊敬和认可，大多过着贫困的生活。墨裔美国人有着强烈的族群意识和民族归属感，在无望与无助的等待中，这些墨裔军人团结了起来，开始采取政治行动，争取民主、自由和平等的权利。这为"奇卡诺运动"的兴起做了良好的思想和政治准备。

奇卡诺运动的最显著成果就是"奇卡诺"专有名词的使用。该术语一开始只是在年轻的美国墨西哥裔学生中间流传，但到了20世纪70年代，伴随着"奇卡诺运动"的进一步发展，它已经获得广泛的流传和认可。

很多墨裔美国人本身就排斥"墨西哥裔美国人"的说法，因为它似乎带有同化的意味，他们更欣赏建立在墨西哥裔美国人的强烈民族自尊心（chicanismo）基础上的奇卡诺人的身份认同。"奇卡诺"一词本身强调的就是"追溯其文化根源"，带有强烈的政治色彩和政治意识；而"墨西哥裔美国人"则"缺乏对民族文化和传统的尊敬"①。之后，美国学术界也认可这样的说法，于是，"奇卡诺"一词成为墨裔美国人对自己族裔重新界定的专门术语。

"奇卡诺"人的称谓代替了传统的"墨西哥裔美国人"，这不仅是称呼上的改变，也标志着一种新的政治文化认同的萌芽。"奇卡诺"不仅包含着对墨西哥民族和传统文化的骄傲，也包含着与盎格鲁·撒克逊美国文化的对抗②。奇卡诺运动不仅提高了民族的凝聚力，让奇卡诺人在教育和法律问题上取得了一定的进展，还在政治上显示了墨西哥人在美国的一席之地。

---

① Jacobs, Elizabeth.Mexican American Literature: the Politics of Identity [M]. New York: Routledge, 2006: 20.

② Gutierrez, Ramon A.Community, Patriarchy and Individualism: The Politics of Chicano History and the Dream of Equality [J]. American Quarterly, 1993 (1): 37.

二、奇卡诺文艺复兴及发展新趋势

20世纪六七十年代的奇卡诺运动和奇卡诺文化的复兴是相互呼应的。奇卡诺运动的迅速发展极大地推动了奇卡诺文化的传播。艺术家们在政治运动中汲取灵感和话题，因此在这一时期，戏剧、绘画、音乐、文学和诗歌等领域都涌现出大量的作品。无论是在绘画、民间歌谣中，还是在文学作品中，移民和劳动经历都是它们的主要话题。奇卡诺人独具特色的文化价值观和特殊的生活经历引起了美国学术界的瞩目。尤其是其文学的发展，以独特的艺术价值逐渐成为美国文学领域中的一支奇异花朵，备受瞩目。20世纪70年代，"奇卡诺文学""奇卡诺诗歌"俨然成为美国族裔文学和诗歌的主旋律[1]。在这一时期，除了在文学领域涌现出大量像托马斯·瑞维拉（Tomas Rivera）、鲁道夫·恩雅（Rudolfo Anaya）和罗兰多·伊诺霍萨（RoLando Hinojosa）这样的文学家和艺术家以外，还出现了大批的文学期刊、文学团体和出版社，它们为作家创作作品提供了良好的交流平台。所有这一切都使奇卡诺文化加快了从"边缘文化"步入美国多元文化行列的步伐。

在这个时期的艺术家看来，艺术原本就是实现文化复兴的重要手段，艺术展现是奇卡诺文艺复兴的重要表现，也是建构身份认同的强有力形式。他们甚至拒绝成为美国大熔炉的一部分，开始追溯他们血统中的印第安血统和墨西哥文化中的阿兹特兰。这种不断增加的民族自豪感和自信反之也促进了奇卡诺文化的发展。在所有的艺术形式中，文学，戏剧和诗歌是非常重要的组成部分，这其中，诗歌一直是奇卡诺人最钟爱的、认为最具吸引力的表达方式，这个时期的诗歌无论在形式上，还是语言上都具有高度实验性质，也出现了大量的政治诗歌。1967年科基·冈萨雷斯（Corky Gonzales）的诗歌《我是乔金》（"I Am Joaquin"）就是最具代表性的作品。它像史诗一般，追溯古老的阿兹特兰神话，诉说墨西哥人的历史。后期，这部诗歌被拍成电影，赋予诗歌另外一个维度。

---

[1]　傅景川，柴湛涵. 美国当代多元化文学中的一支奇葩——奇卡诺文学及其文化取向 [J]. 吉林大学社会科学学报，2007（5）.

这个时期的小说大多是自传性质的，他们用文字讲述他们自己的故事。他们使用的语言也各异，有人用英语，有人用西班牙语，有人两者兼而用之。乔瑞·安东尼奥·维拉雷尔（Jose Antonio Villarreal）的《波多》（Pocho）是第一部比较重要的奇卡诺小说。难得的是，这部小说在美国的主流出版社（Doubleday）发表，描述了墨西哥移民面临的文化冲突和社会压力，是一部半自传体小说。这部小说虽然发表于1959年，但当时却默默无闻，奇卡诺运动之后，它才获得广泛的认可。20世纪60年代中期，雷蒙·巴里奥（Raymond Barrio）的《梅子采摘机》（*Plum Plum Pickers*）和阿兹特兰的《朝圣者》（*Peregrinos de Aztlan*）都是这个时期的代表作。

1970年，托马斯·里韦拉（Tomás Rivera）的作品《大地不会毁灭他》（*y no se lo tragó la tierra*是这部作品的西班牙语名称，而*the Earth Did Not Devour Him*是它的英语翻译）是新一代小说的代表，是一部由14个小短篇故事与13个小插图组成的小说，成为第一部获得"第五太阳奖"（Premio Quinto Sol）的作品①。

而1972年出版的《保佑我，乌勒蒂玛》（Bless me，Ultima）是第二部获得此奖的小说，是这个时期长篇小说的代表。而短篇小说也与长篇小说一样，成为奇卡诺人尤为欢迎的文学形式。桑德拉·西斯内罗斯的《女喊溪的故事》就是这个时期短篇小说的代表。这部小说得到的赞美并不亚于当年她的《芒果街的小屋》。20世纪90年代，奇卡诺的长篇小说和短篇小说都得到了美国学界的广泛认可。在这一时期，电影和戏剧也获得了发展，作家和戏剧家们正试图用多样化的方式表达他们内心的诉求。

文学作品的大量出现也使奇卡诺学术期刊和杂志如雨后春笋一样迅速发展起来。20世纪80年代，奇卡诺文化的复兴也表现在学术研究领域，奇卡诺/纳小说、诗歌、戏剧及相关评论相继问世，奇卡诺/纳著名学者的相关学术评论和著作对奇卡诺/纳文化和文学步入"学术殿堂"起了决定性作用。另外，虽然第三代美国墨西哥移民对西班牙语的使用十分有限，但20世纪六七十年代

---

① Quinto Sol 在西班牙语中是"第五个太阳"之意，来自阿兹特克关于创造和毁灭的神话，而"第五太阳出版社"是20世纪60年代奇卡诺运动时期第一个完全独立的、专门为奇卡诺人群和他们的作品创办的出版社，用以鼓励他们的创作。

美国出现的许多西班牙语报纸和广播电视节目为他们提供了更丰富的语言环境，来延续他们的西语文化。

在奇卡诺运动发展的不同阶段，奇卡诺文化的复兴也与之相互呼应。根据加西亚（Garcia）的分析，奇卡诺运动可以分为四个阶段[①]。

奇卡诺运动的第一阶段是批判和修正主义阶段，即用批判的眼光审视这个阶段的学术状态和墨西哥人的经历。人们很快认识到，对于奇卡诺这个群体，传统的学术观念和视角已经存在很大的局限性，那么有学者就一直呼吁有修正的必要，呼唤用新的研究范式对待奇卡诺经历和艺术表现。在这个阶段，遭受主流期刊和出版社冷遇的奇卡诺学者们创办了属于自己的主要期刊，如《尖叫：当代墨裔美国人思想》（EL Grito：A Journal of Contemporary Mexican American Thought）和《阿兹特兰：奇卡诺社会科学与艺术》（Aztlan：Chicano Journal of the Social Sciences and the Arts）等。这些期刊对为新思想的传播起了重要的作用，也因为新思想的传播，相关话题引起了热烈的讨论和关注，开放的氛围为奇卡诺文化的复兴和相关艺术创作提供了肥沃的土壤。

奇卡诺运动的第二阶段专注于发展诠释奇卡诺经历的理论模式，这个阶段最常用的理论模式称为"内部殖民模式"（"internal colonial model"），而这个理论范式最常用到的学科是历史。在这个时期，人们意识到，只有将墨西哥的历史遗产和文化历史加以重现才不会使得他们在美国历史进程中一直处于被忽视的从属地位。于是，20世纪70年代，相关学术著作都围绕历史展开。

奇卡诺运动的第三阶段以自我肯定为特征，他们要重现种族和阶级内部的自豪感。"种族和阶级的自我肯定让我们同参与世界民主解放运动的人们团结起来，联合全世界的奇卡诺人对抗压迫。这也刺激了奇卡诺文学、戏剧和艺术的复兴，……这种探索也形成了'独特'的奇卡诺文学、戏剧和艺术。"[②]卓越的奇卡诺文化繁荣包括艺术、社会科学和文学创作。在奇卡诺文化复兴之

---

① Garcia, Ignacio. Chicanismo: The Forging of a Militant Ethos [M]. Tucson: University of Arizona Press. 1997: 9-12.

② Garcia, Ignacio. Chicanismo: The Forging of a Militant Ethos [M]. Tucson: University of Arizona Press. 1997: 12.

初，艺术家和学者们将他们的艺术创作视为政治努力，是追求社会正义的艺术表达。

在奇卡诺运动的第四阶段，奇卡诺运动的激进分子开始推崇"反抗政治"，他们反抗盎格鲁-撒克逊人的种族主义，推崇文化民族主义。虽然在20世纪70年代末期，这样的势头和范围大为削弱，但无论如何，奇卡诺运动让我们重新认识历史，重拾文化传承的信心，奇卡诺人对奇卡诺文化的复兴和繁荣所付出的努力从未改变，也取得了丰硕的成果。在此之后的几十年中，又涌现出一批新一代的艺术家。在20世纪八九十年代，奇卡诺文化中心在加州、得克萨斯州等地开始相继建立，专门支持奇卡诺作品出版的出版社也是在这一阶段出现，并产生深远的影响。

在这一阶段还出现了令人欣喜的重要变化，那就是20世纪90年代奇卡纳文学的发展。20世纪80年代中后期，新一批作家涌现到奇卡诺文学的舞台上，这便是大量奇卡纳作家的出现。"1985年标志着'当代奇卡纳一代'的诞生。"①这标志着主张性别平等和文化多视角的新诗学的产生。奇卡纳作家多数是奇卡诺运动中的激进分子，她们更关注社会公平、身份认同和性别认同的话题。安娜·卡斯特罗（Ana Castillo）、丹尼丝·查韦斯（Denise Chavez）、桑德拉·西斯内罗斯（Sandra Cisneros），赫勒拿·玛丽亚·弗拉蒙斯（Helena Maria Viramontes）等都是奇卡纳作家的代表人物，但同时也是美国墨裔作家中的先锋代表。《蛾》（*the Moths and Other Stories*，1985年）②、《芒果街的故事》（*The House on Mango Street*，1984年）、《放弃灵魂》（*Giving Up the Ghost*，1986年）③、《最后的账单女孩》（*The last of the Menu Girls*，1986年）、《边土》（*Borderlands/ La Frontera: The New Mestiza*，1987年）等都是标志性的作品。在这些作家当中，桑德拉·西斯内罗斯（Sandra Cisneros）、和安娜·卡斯特罗（Ana Castillo）是20世纪80年代和90年代享有盛誉的奇卡纳作家。桑德拉·西斯内罗斯的作品涉及到贫穷、同

---

① Maciel D, Ortiz I D, Herrera-Sobek M. Chicano Renaissance: contemporary cultural trends [M]. Tucson: University of Arizona Press, 2000: 288.

② 作者为赫勒拿·玛丽亚·弗拉蒙斯（Helena Maria Viramontes）。

③ 作者为Cherrie Moraga。

化、种族主义，还有在身份认同的追寻过程中既遭受压抑，又备感责任的处境。安娜·卡斯特罗的《米花拉书简》（*Mixquiahuala Letters*）中将多重文体混合，是高度创造性的作品；而《如何远离上帝》（*So Far from God*）中也注入了魔幻现实主义的因素。在《梦想者大屠杀》（*Massacre of Dreamers*）中，她有效解构了从精神到性别、不同形式的殖民主义。奇卡纳的文学创作为奇卡诺文学增加了女性主义和性别的维度，为奇卡诺文学本身也增加了新的活力。

　　奇卡纳作家还关注奇卡诺同性恋和奇卡纳同性恋的话题，为他们争取应有的权益。格洛里亚·安扎杜尔（Gloria Anzaldúa）、艾丽西亚·加斯帕德·阿尔巴（Alicia Gaspar de Alba）和切丽·莫拉格（Cherrie Moraga）都是这个领域的代表。奇卡纳写作于20世纪70年代开始发生，继而发展迅速，在90年代基本获得认可，已经成功进入人们的视野，奇卡纳在文学和学术领域不仅打破了沉寂，而且展现出新的批评视角与声音。

　　奇卡纳的十年并不是偶然发生的社会现象，1975年便是"国际女性年"，奇卡纳继而成为20世纪90年代文学创作的主力军，在创作手法和创作风格上都进行了大胆的尝试，成为后现代主义创作风格的引领者。"他们关注社会与文化、关注家庭、性与性别意识、他者意识、对传统文学形式的挑战，重新发现语言间和文化间的社会群体的互动。"①在这次奇卡诺文化的复兴中，奇卡纳文学的兴起是其多元文化发展领域中的一个非常重要的组成部分。

　　20世纪70年代是奇卡诺文学创作的高峰期，作家进行着大胆的创作实验。但在20世纪80年代初期，奇卡诺的文学创作却进入了低谷。80年代的社会环境让作家们失去了明确的方向感，开始不知所措，产生了自我怀疑②。

　　80年代，奇卡诺文学产生了一次重要的转型，从反抗文学的视角转到对个人的关注，开始注重历史内部的视角③，加里·索托（Gary Soto）④就是其

---

① Lomili, Francisco A. An overview of Chicano Letters: From Origins to Resurgence [J]. Chicano Studies: A cano consciousness Lomili 1984 105.

② Maciel D, Ortiz I D, Herrera-Sobek M. Chicano Renaissance: contemporary cultural trends [M]. Tucson: University of Arizona Press, 2000: 287.

③ Maciel D, Ortiz I D, Herrera-Sobek M. Chicano Renaissance: contemporary cultural trends [M]. Tucson: University of Arizona Press, 2000: 288.

④ 美国诗人，出生于1952年，父母是墨裔美国移民。

中的代表。如果说七十年代人们比较关心写作技巧，那么在80年代，重点已不再是技巧，而是将技巧作为一种手段展示性别、阶级、心理和社会的多方面的经历。

20世纪80年代和90年代，奇卡诺文学达到一个新的时期和阶段。罗瑟拉·桑切（Rosaura Sanchez）在《后现代主义和奇卡诺文学》（*Postmodernism and Chicano Literature*）中分析了奇卡诺文学近年来的发展变化，也指出奇卡纳文学和奇卡诺文学中侦探小说已经初露头角，而移民主题也日益成为奇卡诺文学中津津乐道的主题。

如果说20世纪60年代和70年代初，奇卡诺/纳艺术家面对的受众和人群多数是墨西哥裔美国人，但到了90年代，他们拥有了更多的读者群体，他们参与了广泛的商业宣传，更加富有流动性，主张文化的多元化，强烈的民族主义情感有削弱的趋势，但却带有更广阔的视角。"这个时期与以往的六七十年代不同，这个时期奇卡诺的文化民族主义情结逐渐弱化，奇卡诺作家们将目光转向这个群体乃至个人的精神历程，更强调在复杂的社会环境中，身份认同在上不同层面和不同维度的发展。"①

如果说早期的奇卡诺创作是奇卡诺文化复兴的宏大叙事，是对历史的叙述和回顾，那么八九十年代的作家则更关注人作为个体的发展轨迹和精神旅程②。小人物的故事与经历有助于读者体会在日常琐事中奇卡诺人如何经历心灵的蜕变。在这个阶段，大量的自传文体出现，同样是种族问题，却能用发展的眼光看待，注重它内在的丰富性、多元性和混杂性，实属不易。

种族问题已经成为一个流动的、不断发展变化的动态构成，受到社会、历史和地理的因素的影响而发展变化。奇卡诺人不再视他们为单纯的社会历史进程中的受害者，而是在社会发展过程中，在不同社会因素的不断交接和碰撞中构建自我的一个群体。也正因为如此，奇卡诺人能够更加客观和正确地面对自己的历史与文化，一时间，"西语裔"这个词充斥大街小巷，成为替代"奇

---

① Maciel D, Ortiz I D, Herrera-Sobek M. Chicano Renaissance: contemporary cultural trends [M]. Tucson: University of Arizona Press, 2000: 294.

② Maciel D, Ortiz I D, Herrera-Sobek M. Chicano Renaissance: contemporary cultural trends [M]. Tucson: University of Arizona Press, 2000: 286.

卡诺""墨西哥裔美国人"更广泛的族裔术语，这十年也被称为西班牙语裔的十年（Decade of Hispanics）。

但奇卡诺人逐渐意识到铺天盖地的对西语裔族裔的许诺只是不切实际的空想。到了20世纪80年代和20世纪90年代，新一代艺术家作家和学者们受到美国民主运动的影响，用文化和艺术的表达反映当下的政治和意识形态特征，将政治和民族主义的主题与性别研究等结合起来，从而形成了自己的特色。

奇卡诺运动也带来了其他方面的影响，墨西哥人也对美国的墨西哥后裔转变了态度。在过去，墨西哥将美国的墨西哥后裔奇卡诺人视为"波多"（pochos），即已经美国化的墨西哥人，这个词意在讽刺具有墨西哥血统，但已经美国化了的群体，他们背叛了墨西哥，甚至否认了墨西哥的文化根基。

但奇卡诺运动恰恰逆转了这一观念，因为奇卡诺运动意在强调墨西哥的文化传统，主张墨西哥文化的传承。的确，奇卡诺文化在这一过程中重现光芒，奇卡诺/纳群体也在运动过程中被重新定位和认识，本土的墨西哥人对他们开始转变观念，尝试重新认知，使得奇卡诺/纳文学作品在墨西哥本土得到广泛的阅读和认可。桑德拉·西斯内罗斯（Sandra Cisneros），米古·门德斯（Miguael Mendez），亚历加德罗·莫拉莱斯（Alejandro Morales）等作家都是在墨西哥本土颇受欢迎的作家。

自从20世纪80年代年以来，奇卡诺文学获得了欧洲学界和拉丁美洲的广泛关注。第一届和第二届奇卡诺文化国际会议分别于1984年和1986年在德国和法国召开，大大推动了奇卡诺文学的认知度，学者也对其产生了浓厚的兴趣。来自西班牙、荷兰等国的关注也接踵而至。他们试图将奇卡诺的研究范式应用到本国的少数族裔研究中来。美国不再是唯一关注奇卡诺文学的国家，奇卡诺文学已经成为一个国际现象。从此，奇卡诺文学开始用更广泛的国际视角与新的社会群体和民族进行交流与对话。这样的对话让他们接触到不同的理论和方法，大大拓展了创作思路和批评方法，他们的视野不再局限于奇卡诺、美国甚至美洲，而是延展到欧洲等世界其他地区，这种国际化视野也让他们不断对他们的文学创作和理论方法进行反思，更加促进其深入的发展。

20世纪90年代，新一批拉美裔文学作品涌现出来，多以不同种族间的对话为主体，角度众多，创作手法多样大胆，如回忆录、传记和自传体、日记、民族志等，形式多样。而且各个文体之间也会有交切，传统的文学样式不断接受新挑战。他们在文学表达方面也逐渐走向自信。奇卡诺文学也逐渐成熟，它们所表达的身份认同不再是单一维度的建构，而是复杂的多维度的建构。

如果说20世纪70年代出现的各种问题间的模糊化和糅合是对主流文学创作的一种挑战尝试，那么在90年代，这种风格已蔚然成风，他们对新世纪的到来踌躇满志。

在20世纪80年代和90年代的后现代时期，奇卡诺文学发展的两个明显趋势是奇卡诺侦探小说的出现和移民主题的复苏。

第一，侦探小说在20世纪90年代末和21世纪初大量涌现出来，它们是具有阿兹特兰特色的侦探小说，作家以独特的文学形式表达当下的社会、政治文化、种族、性别、阶级等问题。小说的主人公也从传统侦探小说中的白人和中产阶级变化为少数族裔的劳动阶层。鲁道夫·安纳亚也是侦探小说的代表作家之一。他们通过侦探小说展现奇卡诺人不同的世界观，是不同于白人社会，属于他们自己群体的世界观，他们不再强调身体暴力，而是强调内心的感觉和知觉，在这样的环境中关注种族主义造成的社会不公。正如杜波依斯（W.E.B. Du Bois）谈到的双重意识，奇卡诺人也或许存在这种双重意识，首先他们是奇卡诺人，继而才是美国人。

第二，这一时期的另一趋势就是墨西哥移民小说的出现。移民话题和历史记忆在奇卡诺文学中从来不是新鲜的话题，而是一直讨论的主题。墨西哥的移民主题首先出现在墨西哥的民间歌谣、电影和戏剧等艺术形式中，20世纪90年代，移民主题在小说中开始大量出现①。奇卡诺作品中的移民主题也有着相似的故事，经历着移民的痛苦，有着对主流社会的融入矛盾，等等。1959年第一部当代奇卡诺小说《波多》（Pocho）就是关于移民的故事，讲述了第一代移民的痛苦经历，第二代安家落户，第三代的同化过程。

---

① Maciel D, Ortiz I D, Herrera-Sobek M. Chicano Renaissance: contemporary cultural trends [M]. Tucson: University of Arizona Press, 2000: 302.

第三节　美国文学研究中的跨国民族主义转型与奇卡诺研究

奇卡诺文化研究者何塞·戴维·萨迪瓦尔（José David Saldívar）是发展跨美洲研究的大力倡导者，也是该领域颇具影响力的人物。1991年，在他的代表作《美洲的辩证法》（*The Dialectics of Our America*）中，他就指出要重新定义美国"主流"文学，要避免对美国文学经典的狭隘定义和解读，他认为美国的文史学家实际对历史、文化的研究不够深入，而将美洲作为一个整体的研究也微乎其微[①]。因此他试图建立一种全局或是全球的观念与视角，促进文化交流与互通，并在此基础上，重读美国文学"经典"，重读少数族裔文学，如奇卡诺文学、美国非裔文学、亚裔文学，等等。

20世纪初，世界都面临着多媒体、远程通信和互联网的巨大变革，而国家之间也加快了在经济和社会文化等方面合作的步伐，世界正因为共享与交流变得日新月异。各个国家和民族之间的交集与连接让"跨民族"这个词在我们的视野中凸显出来。

雷蒙·萨迪瓦尔在《奇卡诺叙述》（*Chicano Narrative：Dialects of Difference*）的写作过程中，开始并未想到"跨国主义"这个词汇，但他很快意识到，自己正在朝这个方向发展。在他看来，跨国思想的先驱就是裴瑞兹（Americo Paredes），裴瑞兹是奇卡诺著名作家和学者，在20世纪50年代，他创造了一个新的词汇"Greater Mexico"——"大墨西哥地区"，意指具有跨国视角的想象中的社会空间。随着全球化的发生，各种观念、意识的发展，裴瑞兹看到了现代公民在多重文化层面被重新定位的可能性。因此可以说，裴瑞兹是在奇卡诺学者中第一位具有跨国跨文化视角的学者和作家。他所说的"大墨西哥区"并不建立在文化民族主义层面上，而是在更广泛的文化社会层面。他通过这个视角将奇卡诺文学与拉丁美洲、北美乃至世界文学联系在一起。他关于边界的创作也并不仅仅是政治范畴的，而是更广阔的文化范畴，而这种文

---

① Saldívar, J.D..The Dialectics of Our America: Genealogy, Cultural Critique, and Literary History [M]. Durham, NC: Duke University Press, 1991: 14.

化现象已经超越了民族文学的范围。当时萨尔瓦多就非常认同他的这种观点。

格洛丽亚·安扎杜尔在2001年美国研究协会的一次发言中也指出，"要去探索与其他美洲国家的关系，在教学与研究过程中，我们要发现国家边界来回往复的协作方式，关注美国内部与外部的文化与种族差异"。

莫亚和萨迪瓦尔也在2003年指出，美国文学绝不仅仅是英语为母语的大英帝国的产物，而应该用相关的视角将其重新审视为具有明显特征，且相互交集的来自不同异质群体的话语，实际这就是指美国与其他民族的关系。[①]

我们所看到的新时期的美国文学，应当是少数族裔文学的"回归"，何为回归？这种回归可以说是少数族裔文学对美国"主流"文学的回归，另一方面，也可以视为拉美裔美国文学对整个美洲文化的回归，而不是单一的某个民族或是国家文化的回归。这是美国族裔研究范式的一次变化和转型，研究方法也从身份政治或是差异政治转向跨国民族主义的研究范式，在这样的研究范式中，强调的是移民与母国的持续不间断的关系，强调地区与文化之间的连接，强调地缘相近地区文化之间的相互关系，这是让美国研究走向国际化的过程。

后来，费雪金[②]（Shelley Fisher Fishkin）创办了《跨国美国研究期刊》（*Journal of Transnational American studies*）。2004年，作为美国研究协会的主席，他又在一次会议演讲中指出，美国研究正在经历"跨国民族主义"视角的转型。"我们研究领域的复杂性……要求我们要从里向外，从国内到国外，从本国到国际的研究，他们都是相互渗透的。"[③]这些都标志着美国研究的跨国主义研究的正式转型和启动。

权威的现代语言协会（MLA—Modern Language Association of America）也对新时期文学领域的变化，即拉美裔的文化注入产生了浓厚的兴趣。目前，拉美裔文化在美国文化中的地位不可或缺，只有研究了拉美裔，才能对美国文化的全貌有完整的认识，有学者甚至认为如果没有他们的参与，美国文化便倒

---

① Moya P., R. Saldívar. Fictions of the Trans-Atlantic Imaginary [J]. Modern Fiction Studies, 2003, 49 (1): 1-18.

② 斯坦福大学人文学科讲座教授、美国研究学会前会长。

③ Fisher Fishkin, S. Crossroads of Cultures: The Transnational Turn in American Studies – Presidential Address to the American Studies Association 12 November 2004 [J]. American Quarterly, 2005, 57 (1): 20-21.

退到1960年，成为非白即黑的陈旧的理论构架。的确，拉美裔的存在和出现为美国文化注入了新的活力，而对他们的解读任务也显得日益迫切。早期人们倡导的文化民族主义在很多问题诠释上，已经不能满足时代的需求，而跨民族的文化对话却为许多话题的探讨提供了新的维度。从事跨国民族主义研究，就要关注它的历史层面，关注经济、政治、文化、语言和社会层面的相互交织，去重新审视周围已经习惯了的各种领域的交切和边界等，关注种族问题，关注对于战争的重新诠释，关注美墨边界发生的动态的经济、文化、家族关系和语言间的联系。我们并不是简单地、单方面地强调美国在边界地区的主体地位和霸权地位，而是将其拉下马来，成为美墨文化交集中的一部分，是相互参与与交集的平等角色。

事实上，美国的拉美裔移民的确为美国注入了新活力，他们的食品文化、音乐、家庭观念都成为大众或是学者关注的焦点，他们的文学和电影等艺术形式都成为美国文化表达的一股新浪潮。美国墨裔民族，作为发展速度最快的少数族裔，他们拥有更高的投票权，有着更强烈的政治诉求。在后现代时代，美国的拉美裔已经成为美国文化形成和转型中的晴雨表，无论是在美国，还是在德国等欧洲国家，他们的表现都引起了前所未有的关注，拉美裔的民族特色给予世界文化与文学独特的贡献，这样的变化迫切要求从事美国文化研究与文学研究的学者们在多个领域重新审视他们的存在和地位，将文化拓展到对人类经验进行更深入的研究。

约翰·莫兰·冈萨雷斯（John Morán González）是美国拉美裔文学的研究专家，是《剑桥美国拉美裔文学的研究指南》（*The Cambridge Companion to Latina/o Literature*）的作者，也正与相关学者共同编撰《美国拉美裔文学史的剑桥丛书》（*The Cambridge History of Latina/o Literature*）。他还于2009年和2010分别发表了名为《边土的复兴：得克萨斯的百年和墨裔美国文学的涌现》（*Border Renaissance：The Texas Centennial and the Emergence of Mexican American Literature, 2009*）、《不安的联盟》（*The Troubled Union：Expansionist Imperatives in Post-Reconstruction American Novels, 2010*）的相关文章。正是这样一位专家，2014年在《跨国想象和奇卡诺/纳文学研究的变革》（*Transnational Field Imaginaries and the Transformation of Chicano/a*

Literary Studies）这篇文章中郑重地提出，近20年来，美国的文化研究正在经历着跨民族研究的转型（transnational turn），奇卡诺文学研究在这样的背景下势必要具有更广阔的视角，发生新的变化。

　　的确，奇卡诺研究的"跨国民族主义"（transnationalism）①视角已经成为奇卡诺文化研究的新思路。《奇卡诺民族：墨裔美国文学的半球起源》（2011）②和《跨美洲化》（2012）③是其中的代表作。在这两部著作中，作者阐述了唯有跨国民族主义的方法才能理解错综交织的文化现象、思想意识和异族人群。④这种新的、理想的研究视角，不同于以往奇卡诺文学研究中的女性主义研究、同性恋视角或是其他视角的研究，超越了文化民族主义的限制，具备更广阔的胸怀。

　　玛丽莎·洛佩（Marissa K López）在《奇卡诺民族：墨裔美国文学的半球起源》这部作品中，试图努力避免将奇卡诺叙述变成"反抗叙事"的奇卡诺民族主义范式，而是更强调历史的因素。奇卡诺民族主义者局限于历史因素，将奇卡诺文学作品的创作称为"反抗叙事"的范式，将种族与民族作为强调的重点，而忽视了相关的社会因素。我们必须懂得，美国文化不是奇卡诺文学对应和反映的中心；奇卡诺文学不应仅仅作为美国的一个少数族裔来研究，而是应将其置于拉丁美洲的政治和文化大背景下，甚至将其置于全球种族的大环境下研究。

　　同样的，萨迪瓦尔（Saldívar）在《跨美洲化》这部作品中还谈到了世界范围内的整个美洲的殖民历史，去除了单一民族国家和民族主义的范式，甚至详尽深刻地论述了横跨美洲的理论构架。当然这里说的　"跨美洲化"（trans-

---

①　"Transnationalism"一词可翻译为"跨国主义"或是"跨国民族主义"。"跨国民族主义"的翻译来自于尹晓煌主编的《全球化与跨国民族主义经典文论》。其缘由是因为虽然国内大多将之译为"跨国主义"，但尹晓煌认为"transnationalism"一词来自于"nationalism"，因此以为"跨国民族主义"更稳妥。

②　López, Marissa K. Chicano Nations: The Hemispheric Origins of Mexican American Literature [M]. New York: New York University Press, 2011.

③　Saldívar, José David. Trans-Americanity: Subaltern Modernities, Global Coloniality, and the Cultures of Greater Mexico. Durham, NC: Duke University Press, 2012.

④　González, John Morán. Transnational Field Imaginaries and the Transformation of Chicano/a Literary Studies * American Literary History [M]. Oxford: University Press. vol. 26, no. 3, 2014: 592-602.

Americanity）是建立在奎佳诺（Anibal Quijano）和沃勒斯坦（Immanuel Wallerstein）提出的"美国化"[①]（Americanity）概念基础上的研究。"跨美洲化"（Trans-Americanity）这个词本身就是这部作品创造的新词，但在词语构成和语义方面却非常贴切地传达了作者的意图。首先，"American"一词就有双重的含义，它可以指"美国"，也可以指代"美洲"，在这里，它更应指代"美洲"的广阔视角，而"trans"则是带有"横穿"的跨度，这种跨度不仅是地理空间意义上的，也可以是意识形态维度的。而且作者还通过新的视角重读早期的奇卡诺文学文本，试图挖掘出奇卡诺文学史非常有价值和有意义的一部分。因此，笔者认为，用这样的视角和方法解读奇卡诺文学及文化值得高度称赞。

这两篇著作的主要贡献就在于将《文化大使：拉美裔写作的跨美洲起源》（2001）[②]和《跨美洲文学关系与19世纪公共领域》（2004）[③]这两部作品进行进一步的阐述和分析，引入了全球视角，将奇卡诺/纳研究重新置于更广阔的社会空间进行考量，努力超越文化民族主义的限制，主张奇卡诺研究是属于美洲半球的文化想象。这种新的研究视角，不再将美国"主流"文学作为主体，将奇卡诺文学作为少数族裔文学，置于美国主流文学中研究，而是将两种文化放在相对平等的位置上，进行相互对话与交流。

跨国民族主义研究作为美国研究的研究方法之一，强调美国研究中文化、社会和政治等因素相互关系的重要力量。这是一种超越以国家或民族为中心的范式，从而也让人们对跨民族主义与20世纪80年代流行的多元文化主义的关系产生疑问。

多元文化主义是相对于单一文化主义而存在的，"多元文化主义旨在鼓励保留少数族裔群体的明显特征，意在表达想象中的：表面上同类的在国家范畴内的拉美裔群体文化，是发生在单一国家范畴内的概念，实际也是在割裂美

---

① Americanity as a concept, or the Americas in the modern world-system. International Social Science Journal, 1992.

② Gruesz, Kirsten Silva. Ambassadors of Culture: The Trans-American Origins of Latino Writing [M]. Princeton, NJ: Princeton University Press, 2001.

③ Transamerican Literary Relations and the Nineteenth-Century Public Sphere by Anna Brickhouse [J]. Studies in American Fiction, 2006, 33（1）: 120-122.

国拉美群体与拉丁美洲的关系。这种多元文化架构强调的多样性模糊了美国拉美裔文学中的异质性，更忽略了发生在国家之外的文化元素。相比之下，跨国的研究范式则是具有全球视角的分析"①。

这种从国内转向国际的跨国视角强调的是拉丁美洲如何与美国文化相互交织，而不以任何一个国家为中心。新时期的美国文学中，那些与拉丁美洲有着紧密连接的作家正在不断证明，拉丁美洲并不是异质的他者。美国的文学和文化中都隐藏着西语裔学者，来自得克萨斯的墨裔作家桑德拉·西斯内罗斯和本杰明·萨斯（Benjamin Sáenz），来自拉丁美洲的危地马拉的弗朗西斯科·高曼（Francisco Goldman），来自波多黎各的路易斯·拉斐尔·桑切斯（Luis Rafael Sánchez）和来自加州的海伦娜·弗拉蒙斯（Helena Viramontes），都是他们中的一员，他们正在用他们的方式展现美国与拉丁美洲的交融，而这种文化间的相互融通正是多元文化主义缺失的。这种跨国之间的交流也是对多元文化主义倡导的独立国家概念的挑战，这些作家作品中展现出来的文化之间的流动也远远超越了国家的概念。无论是安扎杜尔的《边土》，还是安娜·卡斯特罗（Ana Castillo）或是理查德·罗德里格斯（Richard Rodríguez）的作品，他们都在展示拉丁美洲相对于美国一直是相互交集的存在。

在这些作品中少不了的是"旅行"的话题，实际旅行常常成为"寻根"象征，墨裔美国人要往返于美国和墨西哥人之间，非裔美国人有时也要回到非洲的故土，地理空间的变化正是他们寻找民族之根的过程。但故事的结尾常常是在母国的短暂逗留之后，又重新回到美国，在想象中的母国和美国之间充满了内心的矛盾。而当代的美国作家也意识到，随着科技的进步，全球化的发展，所谓的移民已经发生了变化，迁移的频率已远超过以前，在这个背景下的"新时期"的美国文学及其跨国视角由此发展起来。

---

① Elizabeth, Mermann-Jozwiak. Transnational Latino/a writing, and American and Latino/a studies [J]. Latino Studies, 2014, 12(1): 111-133.

第二章 《边土》——从奇卡诺民族主义 到跨国民族女性主义的转变

格洛丽亚·安扎杜尔（Gloria Anzaldúa）是著名的美国墨裔作家、文学理论家和奇卡纳女性主义者。她所取得的成就让她在美国学术界成为人尽皆知的人物，无论在奇卡诺/纳文学研究、女性主义研究、美国研究领域，还是在酷儿理论、美国文化研究等方面，人们都可以看到她的身影。

安扎杜尔1942年出生在得克萨斯州南部的小镇，父母都是墨西哥移民。成长在传统的墨西哥文化家庭中，她骨子里却敏感而且叛逆。安扎杜尔很早就意识到唯有写作才能获得真正的自由，写作是获得身心解放的唯一途径。于是，执着于自己的信念和理想，她开始从事写作，并且积极参与到各种社会活动中来，尤其对教育事业情有独钟。

安扎杜尔勇于尝试多种文学体裁，包括小说、诗歌和文学评论等。她也获得过很多奖项，1981年，她的《这桥叫回我：有色人种妇女的激进作品》（*This Bridge Called My Back*：*Writings by Radical Women of Color*）这部作品的问世，一时让她名声鹊起，大获成功，也因此获得了前哥伦布基金美国图书奖（the Before Columbus Foundation American Book Award）和莎孚成就奖（Sappho Award of Distinction）。1987年，《边土》（*Borderlands/La Frontera*，1987）一经出版，便又成为关于文化和身份建构的经典宣言，而后被评为20世纪最重要的百部书籍之一。

《边土》可以说是奇卡诺/纳文学作品中的经典之作，也是许多评论家和思想家争相评论的对象，即使现在安扎杜尔已经故去，但每年美国仍然有关于她的研讨会。她的作品是奇卡纳文学的代表，也是奇卡诺文学的代表，既是女性文学的代表，也是同性恋文学的代表，她大胆探索各种写作风格和模式，灵活运用各种语言符号，在符号间自由转换，在英语和西班牙语之间来往穿梭。

《边土》出版于1987年，那时的《边土》已与当时"传统"的奇卡诺作品风格有所不同，激发了一代女性作家勇敢地用她们混血的身份、独特的笔触，谱写自己的经历。安扎杜尔的作品到现在还保持着重要地位，很大程度上，也是因为其原有的颠覆性和跨学科性，为边界研究提供了新的不一样的方法论。另外，她在将美国研究重新审视为跨国的学科研究方面发挥着非常重要的作用。在2004年美国研究协会的大会发言中，费雪金（Shelley Fisher Fishkin）就认为安扎杜尔的《边土》是美国研究的跨国特性的缩影①。费雪金认为，安扎杜尔的作品使美国研究学者逐渐意识到理解（美国研究）需要超越国家边界打开了一个空间②。

安扎杜尔的作品，就像她本人一样，似乎将一切的边界都变得模糊化，将许多理论方法也都模糊化了，后殖民理论、女性主义理论、边界理论和酷儿理论，她试图将这些理论都杂糅在一起，也试图将多学科的视角如社会学或人类学的视角结合在一起解读问题。

第一节　阿兹特兰精神——《边土》中的民族主义

提到奇卡诺的身份认同，人们无法绕开久远的、充满民族自豪感的阿兹特兰和阿兹特克文明，那是遥远的神话传说，是墨西哥的历史，也是许多奇卡诺作家乌托邦式的理想。它是奇卡诺人政治运动和文艺复兴的精神支柱。

安扎杜尔同其他奇卡诺/纳人一样，对古老的墨西哥和阿兹特克文明怀有深厚的民族情感，完全沉浸在自己的民族文化中。"我就是一只龟，无论我在

---

① Feghali, Zalfa. Re-articulating the New Mestiza [J]. Journal of International Women's Studies, Volume 12 Issue 2, Mar-2011: 61.

② Fisher Fishkin, Shelley. Crossroads of Cultures: The Transnational Turn in American Studies [J]. American Quarterly, 2005 (1): 17-57.

何处，都会把自己的家背在背上。"①

要探究墨西哥和阿兹特兰文明的历史，我们就要追溯到几千年前，那段历史势必要比哥伦布发现新大陆的历史还要久远。奇卡诺人最原始的印第安人祖先居住在现在的美国的西南部地区，还有得克萨斯地区，考古学家们都曾在那里发现过印第安人的遗迹。那片土地就是奇卡诺人一直认为的阿兹特兰领土。公元1000年前，考奇斯人（cochise）后裔迁徙到现在的墨西哥和中南美洲，他们成为现在墨西哥人的直系祖先，而考奇斯文化就是阿兹特克文化的父文化。继而，阿兹特克人也在公元1168年离开现在美国的西南地区，在神的指引下来到后来的墨西哥城。

阿兹特兰文明的历史如此悠久，于是不难理解为什么即使是现在，墨西哥人依然对美国西南部怀有深厚情感，因为那儿是他们的先人一直居住的圣土。

丹尼尔·库珀·阿拉颂（Daniel Cooper Alarcón）认为，对阿兹特兰传说的追溯和肯定是"奇卡诺运动留下的最持久的宝贵遗产"②。阿兹特兰最初出现在阿兹特克的神话传说中，是财富之地，是远古阿兹特克人的家园。关于阿兹特兰最早的文字记载来自1581年西班牙传教士，在16世纪继续发展，直到17世纪，人们开始拒绝这样的说法，因为现实的残酷与美好的传说大相径庭。直到19世纪60年代奇卡诺运动时期，这个概念又被重新挖掘出来，成为一个政治的和文化的概念。

1969年在丹佛的"奇卡诺国家解放青年会议"上，鲁道夫·卡契·冈萨雷斯（Rodolfo Corky Gonzales）提出了"阿兹特兰精神"，这一精神的提出至关重要，似乎为奇卡诺人注入了一支强心剂，从此他们找到了灵魂的归属，也被赋予了民族主义精神的强大力量。"根据新人民的精神，我们不仅要为我们的历史传统感到骄傲，也要意识到野蛮外来人的入侵让我们失去了家园，我们奇卡诺人和阿兹特兰北部的人们应当替祖先收复他们出生的土地，重拾太阳

---

① Anzaldúa, Gloria. Borderlands/La Frontera: The New Mestiza. 3rd edition [M].San Francisco, Calif.: Aunt Lute Books, 2007: 43.

② Cooper Alarcón, Daniel. The Aztec Palimpsest: Mexico in the Modern Imagination [M]. Tucson: University of Arizona Press, 1997: 10.

民族的决心。我们的血统就是我们的力量，我们的责任，我们无法逃避的命运。"①在这篇宣言中，冈萨雷斯还强调了民族主义对实现政治目标和政治理想的重要意义。"民族主义精神作为团体的关键思想，超越所有宗教的、政治的、阶级的和经济的界限。民族主义是我们这个民族所有成员一致同意的共同标准。"②在精神上，阿兹特兰已经让他们认为他们是独立的民族，与外来民族格格不入。"阿兹特兰属于那些播种、灌溉土地、收割庄家的人，而不是那些外来的欧洲人。"③阿兹特兰精神中倡导的民族主义精神将奇卡诺民族在政治上、文化上和社会上团结起来，虽然阿兹特兰在本质上也具有跨国民族主义的性质，但在这一时期，政治运动的领袖强调的却是阿兹特兰给予奇卡诺人强大的民族主义精神支撑。这样的民族主义精神将民族中的异质元素统一起来，促进种族之间的团结，是强调自我认同的社会力量。奇卡诺人将"阿兹特兰"重新定义为"精神的家园"，而不再是单纯地理意义上的家园。奇卡诺人所崇尚的"民族气概"（Chicanismo）就是基于阿兹特兰精神家园的理念。这样的信念给予奇卡诺人无穷的力量，对抗种族主义，对抗贫穷，对抗一切反动的力量，并重新定义自我。

那么《边土》中的"阿兹特兰"与奇卡诺运动早期"阿兹特兰精神计划"中的"阿兹特兰"到底有何不同呢？可以说，早期奇卡诺运动中的阿兹特兰概念是安扎杜尔的理论基础。阿兹特兰属于"播种、灌溉和收割庄家"的劳动人民，而不是殖民者，这也是"阿兹特兰精神计划"中所倡导的精神。安扎杜尔无意改写古老的阿兹特兰传说，也无意削弱早期奇卡诺人对民族主义的关注，如果说，安扎杜尔心目中的阿兹特兰与早期作家描述的阿兹特兰不尽相同，那么就是她将原来的"阿兹特兰"赋予了女性主义和跨国民族主义的维

---

① Gonzales, Rodolfo "Corky". EL plan espiritual de Aztlan: In Aztlan Essays on the Chicano Homeland [M]. eds. Rudolf. A. Anaya and Francisco A. Lomelí, 1989: 1-5. Albuquerque: University of New Mexico Press. First Presented at the Chicano National Liberation Youth Conference in Denver, Colorado, 1969: 22.

② Gonzales, Rodolfo "Corky". EL plan espiritual de Aztlan: In Aztlan Essays on the Chicano Homeland [M]. eds. Rudolf. A. Anaya and Francisco A. Lomelí, 1989: 2.

③ Gonzales, Rodolfo "Corky". EL plan espiritual de Aztlan: In Aztlan Essays on the Chicano Homeland [M]. eds. Rudolf. A. Anaya and Francisco A. Lomelí, 1989: 1.

度，使墨裔移民文化、种族和性别等层面成为关注的话题。安扎杜尔心目中的阿兹特兰不仅是永久存在、神圣不可侵犯的故乡，也是可以容纳所有民族和种族的想象中的政治和文化空间。她在《边土》中将奇卡诺身份认同的民族主义构架进一步拓展，将奇卡诺人的民族主义赋予更丰富的内容。

《边土》全书共有两大部分，第一部分以"跨越边界"（"Atravesando Fronteras/Crossing Borders"）为题，从个人的经历和视角体验族裔历史及文化领域的种种问题，其中分为七篇，混杂诗歌、自传和散文各种体裁。开篇"家乡在阿兹特兰"（"The Homeland，Aztlán/El otro México"）追溯了阿兹特兰历史的源头，将家族历史与族群历史相结合，讲述着殖民者侵略的历史。《边土》第二部分则是以"狂乱的风／风神依耶卡托"（"Un Agitado Viento/ Ehécatl，The Wind"）为标题，是英、西语混杂的诗选。可以说，第一部分为第二部分奠定了历史及文化背景的基础，对阿兹特兰文明的追溯也是整部书的历史和文化背景基础。

《边土》第一部分的第一章节为"家园，阿兹特兰/另一个墨西哥"，这里指的美国西部不仅是阿兹特兰，还是另一个墨西哥，这是一段有故事的历史。美国的西南部，原本是墨西哥的领土，由拉丁美洲的劳动者建设起来，"这片土地，曾经是墨西哥人的，以前是印第安人的，现在是，以后也是。"[1]这样的诗句让我们感到了强烈的民族自豪感。美国的西南部不仅有墨西哥和土著人的历史和文化传统，还有印第安人的历史，这段历史不仅与过去相关，也与现在和将来相关。

在奇卡诺运动后期，奇卡纳的活动家也并不排斥"阿兹特兰"的说法，而是希望将它的概念延伸至包含女性的范畴，将奇卡诺运动和女性主义连接在一起，架起一座桥梁。安扎杜尔的《边土》和《这桥叫回我》（*The Bridge Called My Back*）就是奇卡纳女性主义的奠基之作[2]。而诺玛·阿拉颂（Norma

---

① Anzaldúa, Gloria. Borderlands/La frontera: The New Mestiza [M] .San Francisco: Aunt Lute Books. 1987: 91.

② Gloria, Anzaldúa, Cherrie Moraga, eds. This Bridge Called My Back: Writings by Radical Women of Color [M].Watertown, MA: Persephone Press. 1981.

Alarcon）也认为，"新的奇卡纳女性主义让奇卡诺运动重新复活起来"[①]。

奇卡纳女性主义理论的发展对美国其他少数族裔的政治理想也起了借鉴作用，有了奇卡纳的参与，奇卡诺运动成为更广泛意义上的争取民主平等和社会公平的运动，因此加西亚说，"奇卡纳女性主义运动既是民族主义的斗争，也是女性主义的斗争"[②]。

恩露·辛西娅（Enloe Cynthia）认为对性别的关注可以深刻地改变本土层面、国家层面和国际层面的政治。"如果更多的单一民族国家有女性民族主义的观点和经历，那国际上政治体系内的群体身份认同可能被跨国身份所调和。"[③]可以说，恩露·辛西娅所说的跨国身份认同和我们所说的跨国民族主义身份认同是相符合的。为了加强与其他民族女性主义者的联合，奇卡纳女性主义者利用奇卡诺运动中文化民族主义的观点创造了一种认知身份认同的跨国主义意识形态。奇卡纳女性主义者正在构建一个全新的、更广泛的奇卡诺的精神家园。而安扎杜尔的《边土》中展示的就是这个来自于奇卡诺民族主义，但又逐渐发展为具有跨国民族主义视角的阿兹特兰。

第二节　奇卡诺文化的杂合与混血
——《边土》中的跨国民族主义

安扎杜尔的边土理论作为一种当代社会理论，可以称之为跨国政治，它改革了文学与政治的空间，论证了理论与政治的杂交性。它融合了本土的、奇卡诺的和盎格鲁文化的元素，产生了新的边土空间的主体性。她理解中的"mestizaje"是指所有美洲种族的杂合，这无疑具有跨国主义的性质。而边土

---

① Alarcón, Norma. Chicana Feminism: In the Tracks of "The" Native Woman. In Living Chicana Theory, ed. Carla Trujillo [M]. Berkeley: Third Woman Press, 1998: 371-382. First published in Cultural Studies 4 (3) (October, 1990): 248-256.

② García, Alma M. Introduction to Chicana Feminist Thought: The Basic Historical Writings, ed. Alma M. García [M]. New York: Routledge. 1997: 1-16.

③ Enloe, Cynthia. Bananas, Beaches and Bases: Making Feminist Sense of International Politics [M]. London: Pandora, 1989: 64.

理论和"新女性混血意识"也是对少数族裔身份认同最具包容性的理论，支持更广泛的拉美裔的政治与文化主题。于是，很多批评家都认为《边土》为理解奇卡诺身份认同以及对其他少数族裔身份认同提供了新的研究范式。

在各种文化杂合的过程中，安扎杜尔没有强调一种文化优于另外一种文化，虽然各种文化间存在着矛盾与冲突，但她重在描述作为奇卡纳，如何接受着多重文化——盎格鲁·撒克逊的、墨西哥的，还有本土文化的影响。安扎杜尔坚持用她的"新女性混血意识"来检验自己的信念，形容和描述多重文化的历史。"她将历史放在一个筛子上，去看待我们作为一个少数民族，作为女性的力量。……然后与所有文化和宗教的受压迫传统决裂……，她用新的象征重新解读历史，她塑造新的神话。"①历史是社会政治和社会斗争中的武器，无知会分裂人民，也会产生偏见。无论墨西哥人还是美国人，都应该正视历史，而不是扭曲历史。

在不间断地对个人与文化历史解构与重新建构的过程中，安扎杜尔不断完善她的"新女性混血意识"理论。她认为这一理论是一种乌托邦式的理想状态，力争包容一切冲突，致力于解决种族，性别等各种社会矛盾。

安扎杜尔的新女性混血观念，并不是要结束身体中的混血状态，也不是要通过它终结美洲的政治、文化和种族的差异，而是具有更大的包容性，尊重在美国，甚至在美洲不同种族间的差异和不同，以此来改善美国与墨西哥之间的关系。这样的格局无疑是具有跨国主义性质的。

"在美国发现的最久远的人类踪迹是在得克萨斯州附近，可以追溯到公元前3500年"②，第一批移民穿过白令海峡来到这里。而在美洲最早的文明迹象是在20000年前印第安人留下的，地点就在美国的西南部地区，也就是最开始的阿兹特兰地区。因此在历史上这里就是非常特殊的区域，似乎这片土地注定有着丰富厚重的历史，也不断为后人的跨国主义思想积蓄力量，为自己彰显独特的个性。

---

① Anzaldúa, Gloria. Borderlands/La frontera: The New Mestiza[M].San Francisco: AuntLute Books. 1987: 82.

② Anzaldúa, Gloria. Borderlands/La frontera: The New Mestiza[M].San Francisco: AuntLute Books. 1987: 4.

美国和墨西哥之间的这片边土对于墨西哥而言是"开放的伤口"，这道伤口不仅划分了同一民族的人民，也划分了同一民族的文化。安扎杜尔在英语和西班牙语的不断跳跃中，试图搭建美国主流文化与墨西哥文化连接的桥梁。虽然边界是一道深深的伤口，但她要做的是将这道伤口慢慢弥合起来。边土文化便是修复伤口的一种方法。

安扎杜尔的边土文化并不是以盎格鲁文化为主导，也不是以墨西哥文化为主导，而是一种混血文化，是将土著的、印第安的、墨西哥的、盎格鲁的融合在一起的"边土"文化，将不同文化元素糅合在一起本身就是跨国主义的表现。这种边土文化包括语言传统、音乐体裁、斗争历史、甚至饮食习惯，等等。安扎杜尔的"新女性混血意识"就是发源于一种文化，夹在两种文化之间，跨越三种文化和他们的价值体系的边土意识[①]，是挣扎在边土空间的内心斗争。

文化杂合"mestizaje"是新的奇卡纳文化和理论框架的基础，它打破了库珀·阿拉颂（Cooper Alarcón）所说的盎格鲁·撒克逊人与奇卡诺人的二元对立关系，而去讨论土著美国人、墨西哥人和白人之间的相互冲突与联系，这本身就具有跨国和跨种族性质。而且无论在个体意识中，还是在集体意识中，"根除二元论思想是长期斗争的开始，也是解决掠夺、暴力和战争的关键"[②]。

但同时，阿兹特兰又是一个想象中的精神国度。无论是早期奇卡诺人心目中的阿兹特兰，还是格洛丽亚·安扎杜尔《边土》中描述的阿兹特兰，阿兹特兰始终是淹没在美国主流社会中一个无形的国度或民族。如果说民族是一个由读者创造的想象的共同体，那么阿兹特兰就是这样一个想象中的理想国度。[③]在这样的精神家园中，安扎杜尔主张奇卡诺/纳人应该有独特的身份认同，既不是作为美国有色人种的身份认同，也不是作为美国拉美裔群体中一员

---

① Anzaldúa, Gloria. Borderlands/La frontera: The New Mestiza [M]. San Francisco: AuntLute Books. 1987: 78.

② Anzaldúa, Gloria. Borderlands/La frontera: The New Mestiza [M]. San Francisco: AuntLute Books. 1987: 80.

③ Anderson, Benedict. Imagined Communities: Reflections on the Origin and Spread of Nationalism [M]. London: Verso, 1991.

的身份认同，而是有着独特个性的奇卡诺/纳身份认同。这样独特的身份认同是文化杂合的集中展现，具有跨国性质，同时也诉说着不一样的历史与故事。

无论在时间上、空间上还是心理上，这样的国度，这样的民族都经历着跨国文化的影响，有着跨国主义的印记。在时间上，安扎杜尔叙述着它的历史维度，安扎杜尔对历史的描写来自于个人经历，她追溯了自己家族的经历，继而又追溯了民族的过去，这些都是恢复阿兹特兰本来面貌所付诸的努力。16世纪开始，阿兹特兰遭受西班牙殖民者的侵略，19世纪又遭到盎格鲁·撒克逊人的入侵，直到墨西哥失去了将近一半的领土。安扎杜尔不只强调阿兹特兰的历史层面，也关注多种族人群居住地区的人，比如穿越白令海峡的印第安人、考奇斯人（Cochise people）后裔、阿兹特克人、西班牙殖民者，还有19世纪到达这里的盎格鲁-撒克逊人，以及各种混血人种，他们的关系与冲突都是安扎杜尔关注的对象。

在空间上，安扎杜尔主张的边土并不仅仅是地理意义上的边界地区，她所指代的阿兹特兰也不仅仅是地理区域指代的美国西南部地区。她有着更广阔的视野。她主张了解整个拉丁美洲的历史，这样才能形成属于他们自己的新社区。

在心理和精神上，安扎杜尔的"女性混血意识"是女性主义跨国政治主体性的一个很好的例证。它表现出的跨国政治可以通过边土经济和移民状态很好地表现出来。奇卡诺民族主义是安扎杜尔跨国主义女性政治的基础。[①]安扎杜尔在边土的领域不断进行时空的对比，这是她跨国主义视角的完美体现。

一、语言中的跨国民族主义——语言的混血

安扎杜尔本人也承认，在《边土》中，语言特色，即不同语言的杂合是她作品中最显著的特征，她以作品中彰显出的多重文化维度而骄傲。

墨西哥民族有着悠久的"文化杂合"历史。在最早的西班牙殖民侵略之

---

① Watts, Brenda. Aztlan as a Palimpsest: from Chicano Nationalism toward Transnational Feminism in Anzaldua's Borderlands [J]. Latino Studies, 2004（2）: 304-321.

前，文化混合就已经开始。在15世纪末期之前，即前哥伦布时代①，中南美洲的许多土著部落和群体之间就存在着文化的杂合。公元14世纪和15世纪，除了玛雅人、托尔特克纳人（toltec）、奥尔梅克人（olmec）和萨波特克人（zapotec）人等，阿兹特克人是中南美洲的主要部族。那时，强大的阿兹特克人已经征服了很多不善战的部族建立起了阿兹特克帝国，并吸纳了各个部族的优良传统和文化。1521年，西班牙殖民者的入侵更加强化了这种文化杂合，在阿兹特克印第安人文化中又融合了欧洲文化的传统。不同种族的通婚也加速了文化杂合的进程，如果说在西班牙殖民者来到之前，墨西哥主要是土著印第安人的国度，那么后来它逐渐成为一个混血的民族。

> "在西班牙殖民统治之前，有二亿五千万印第安人生活在墨西哥和尤卡坦（yucantan）地区，而在西班牙殖民统治后，印第安人口很快降到了七百万以下。到1650年，这里只有一百五十万纯种的印第安人。这些混血儿……促进了新的混血民族的诞生，他们生活在中南美洲……是印第安人和西班牙人的混血。我们现在所说的奇卡诺人和墨西哥裔美国人都是这些人的后代。"②

可以说，这种文化杂合范围的进一步扩大是奇卡诺民族跨国主义进程的一个开端。从1519年西班牙殖民者侵略墨西哥，到1521年墨西哥沦为西班牙殖民地，再到1821年墨西哥宣布独立，墨西哥在各个方面经历着巨大的变化。西班牙语成为他们必须学会的语言，有学者也认为1821年以前的墨裔美国文学可以视为奇卡诺文学的早期阶段③。

到了19世纪，盎格鲁人入侵得克萨斯，那时的得克萨斯是墨西哥的领土，盎格鲁人理直气壮地将当地的得克萨斯人（tejanos）赶出自己的家园，如

---

① 前哥伦布时代（pre-Columbia）指1492年哥伦布发现美洲新大陆之前的时代。

② Anzaldúa, Gloria. Borderlands/La Frontera: The New Mestiza. 3rd edition [M].San Francisco, Calif.: Aunt Lute Books, 2007: 27.

③ Leal, Luis. Mexican American Literature: A Historical Perspective [J]. In Modern Chicano Writers, ed. Joseph Sommers and Tomas Ybarra-Frausto, NJ: Prentice Hall, 1979: 21-22.

果有人反抗，就将其残忍地杀害。1846年，美国发动美墨战争，1848年签订美墨条约，墨西哥被迫将北部230万平方公里的土地，即现在美国西南部的得克萨斯州、亚利桑那州、科罗拉多州、新墨西哥州和加利福尼亚州割让给美国，一夜之间，他们在自己祖先世代居住的土地上成了"外来客"和"异乡人"。很快，英语也成为这一地区的官方语言。

　　虽然美墨条约对选择留在这里的墨西哥人有着美好的承诺，但实际上他们不断遭受着社会的不公待遇，甚至是诽谤和残害。于是许多墨西哥人纷纷回到了墨西哥。但两国之间较近的地缘关系和经济方面的相互控制与依赖，使得他们依然保持频繁的往来和交流。后来，由于美国提供给墨西哥人更多的就业机会和更高的薪水，也有许多墨西哥人开始热衷再次跨越边界，寻找生存的希望。这次，人们经历的不仅是地理边界的跨越，也是从第三世界到第一世界的跨越。美国文化对墨西哥文化的操控和渗透正逐渐对他们的生活方式和思维方式产生着潜移默化的影响，他们使用的语言也更加多元化，有墨西哥语、西班牙语，当然也有英语。

　　第一世界与第三世界的文化在美墨边界不断交流和碰撞，产生了一种边界文化和另一层空间，可以说，这样的边土文化，不仅"跨越不同学科和理论边界：民间传说、民族志、音乐学、历史学和文学'理论'"[①]，也同时是第一世界和第三世界，白人和有色人种，不同性（别）之间的跨国文化。这也是安扎杜尔"新女性混血意识"得以形成的文化土壤。

　　《边土》这部作品将英语与西班牙语及其它们的各种变体同时运用在同一部著作中，这其中包括两种英语的变体和六种西班牙语的变体，这样宏大的叙事风格，多重语言的不断切换和表达正是安扎杜尔传达多重身份和混血哲学的重要手段。从英语转到西班牙语，再转到墨西哥北部的西班牙语，从美国西南—墨西哥的英语（Tex-Mex美国西南—墨西哥的：墨西哥和美国西南文化因素混合的或以此为特征）到纳瓦特尔语（纳瓦特尔族：墨西哥中部的一支印第安民族的成员，包括阿兹特克人所说的语言），她的作品就是英语和西班牙语的混合体（"Spanglish"）。《边土》中多种语言的叙述突破了二元对立的逻

---

① Saldívar, José David. Border Matters: Remapping American Cultural Studies [M]. Berkeley, L.A.and London: UC P, 1997: 39.

辑，既是多重身份的展现，无疑也是作者在跨国空间的另外一种跨国实践。

虽然这样的写作风格蔚为壮观，但无形中却增加了英语读者的负担，似乎只有通晓两种语言才能破解书中的深刻内涵。这完全在安扎杜尔的预料之中。但"她并不打算将这些语言进行统一翻译或简化，让读者更容易理解。她也不会因为她的与众不同和独树一帜而感到歉意，因为她相信在中间的某个区域，人们会在那里与她相会"①。不仅如此，安扎杜尔也旨在通过英语读者遭受的挫败感强调处于社会边缘的有色人种的现实境遇，通过多种语言形式的变化宣泄发自内心的压抑和愤怒。这就是用来表达"边土"体验和混血意识的全新语言。

在《边土》的最初两个版本中，为了便于读者理解，作者将书中有些部分的标题使用双语来表达。如第一部分第二节的标题为"Movimientos de rebeldía y las culturas que traicionan"，但同时也有它的英语表述"Movements of Rebellion and Cultures That Betray"。但在第三版中，却只用了西班牙语，这是安扎杜尔对土著文化传统的再次强调。而且，在这一章伊始就伴有大段的西班牙语描写，唯有最后一句是英语和西班牙语的混合，这都表明作者意在通过大段的西班牙文字，通过语言的力量回溯本民族的土著文化，并希望在远古祖先那里获得智慧和力量，从而改变和重塑奇卡诺社区的法则，对抗奇卡诺文化中的不合理因素。

另外，《边土》书名的双语表达本身（*The Borderlands/ La Frontera*）和书中小节双语题目的并用（如第一节中的The Homeland，Aztlán：El otro México）都是作者使用混血的语言集中体现墨西哥人矛盾的生存状态和边土经验的有力例证。这部作品本身就具有双重标准，是对立物和矛盾的集合。当"主流文化坚持'一种语言，一种肤色，两种性别，一个性特征'时"②，混血和跨国跨文化的语言表达便显得异常醒目。

这部著作并没有高度理论化的语言，但读者常常陷于由于语言符号的相

---

① Anzaldúa, Gloria. Borderlands/La Frontera: The New Mestiza, 3rd edition [M].San Francisco, Calif.: Aunt Lute Books, 2007: 8.

② Nelson, Linda. After Reading: Borderlands/La Frontera [C]. in: Trivia. New Amherst: Spring, 1989: 95.

互转换造成的理解障碍之中，作者虽然预料到读者在理解上的困难，却执意不改，混血语言和混血文化是她独特的表达方式，或许这就是安扎杜尔想让读者感知的真实体验，那便是即使读者不能读懂书中的全部内容，但在文字的形式上却可以产生情感的共鸣。

另一方面，《边土》中不仅有英语和西班牙语的交替出现，还有这两种语言的不同变体：标准英语、英语俚语、标准西班牙语、墨西哥西班牙语和奇卡诺西班牙语，等等，还有本土纳瓦特语和西班牙统治前期的语言。每一种语言都代表一个价值体系，这就是安扎杜尔创造的边土空间的"边土语言"。在各种语言和语言变体的不断转换中，安扎杜尔强调文化的多元性和复杂性，让读者充满好奇，情不自禁地加入到边土经历中来。各种语言及其变体相互交错，各种文化交融其中，这就是边土语言带来的生机。这也正是安扎杜尔在作品中想要展示给读者的跨国民族主义文化。

美国杜克大学学者沃尔特·麦宁罗（Walter Mignolo）在他的著作《本土历史/全球构思》（*Local Histories/ Global Designs*，1999）中提出了"双语方式"[①]（bilanguaging）的概念，他指出，"双语方式"不仅是语言的问题，而且是一种生活方式，"有必要接受这种语言形式，就像接受他们的思想一样，它远远超越了语言和思想本身"[②]。可以说，这种提法是对安扎杜尔"边土"思想的补充。同"双语转换"（bilinguism）不同，"双语方式"这个杜撰的新词包含着新的含义，远远超越了词汇本身和词法、句法的范畴。"双语方式"向人们展示着语言是如何在一定程度上改造思想的。如果说单一语言（Monolanguaging）代表着加入到"主流文化"中去，那么"双语方式"则意味着边土的生活方式。同麦宁罗的观念相似，安扎杜尔在她的大部分文本中试图阐述并证明的就是语言是如何塑造和改变身份的，因为"民族身份和语言身份是孪生姐妹——我就是我的语言"[③]。

---

① 此处是笔者的翻译。

② Mognolo, Walter. Local Histories/Global Designs: Coloniality, Subaltern Knowledge, and Border Thinking [M]. Princeton, N.J.: Princeton UP, 2000: 37.

③ Anzaldúa, Gloria. Borderlands/La Frontera: The New Mestiza. 3rd edition [M]. San Francisco, Calif: Aunt Lute Books, 2007: 81.

《边土》中第一部分的第五小节"如何驯服野蛮的语言"就是专门论述边土语言的章节。安扎杜尔通过她自己的童年经历证明剥夺一个民族的语言可能要比战争还要残酷。在安扎杜尔的童年，这些在家里一直说着西班牙语的孩子一旦走进学校，就必须学英语，也必须用英语来交谈。"如果你想成为美国人，就一定要说美国话，如果不喜欢，就滚回墨西哥去。"这就意味着，一旦选择了美国公民身份，就一定要学会忘记，忘记自己的民族和民族语言，重新学习这里的语言，这就是语言被驯服的过程。

在家里，虽然母亲的语言时常在英语和西班牙语之间转换，但她还是希望安扎杜尔说标准的美语，并且最好连口音都不要有。因为对于美国人来说，奇卡诺说的英语永远不是标准的美语，他们的口音和特殊身份使其在美国人中处于尴尬的境地。

不幸的是，对于拉美民族和墨西哥本土人来说，奇卡诺人也是文化和民族的叛徒。他们说的西班牙语不再是纯正的西班牙语，也带有口音，是奇卡诺式的西班牙语。但安扎杜尔却认为奇卡诺西班牙语是一种"活的语言"。[1]对处于边土的墨西哥人而言也似乎迎合了事物发展的规律，他们不是西班牙人，也不居住在以西班牙语为母语的国家，而居住在以英语为统治性语言的国度，他们无论在墨西哥还是在美国，都成了外国人。在这样的处境中，能创造出一种属于他们自己的"活的语言"，无疑也是一种出路。他们独特的语言也映射出其身份的独特性，这种独特性又以跨国、跨民族和跨文化性为特征。

"奇卡诺西班牙语的产生是出于奇卡诺人成为独特民族的需要。我们需要一种与自己沟通的语言，一种私密的语言。对于我们来说，语言要比美国的西南部更像我们的家园——这对于很多现在居住在美国中西部和东部的奇卡诺人来说，尤为如此。"[2]

的确，正如安扎杜尔在作品中展示的那样，奇卡诺/纳人会根据不同的场合使用各种语言及其变体。

---

[1] Anzaldúa, Gloria. Borderlands/La Frontera: The New Mestiza. 3rd edition [M]. San Francisco, Calif.: Aunt Lute Books, 2007: 77.

[2] Anzaldúa, Gloria. Borderlands/La Frontera: The New Mestiza. 3rd edition [M]. San Francisco, Calif.: Aunt Lute Books, 2007: 77.

"在学校、媒体场合和工作地点，我说标准的英语；在阅读西班牙文学和墨西哥文学时，我就会拾起西班牙语和标准的墨西哥西班牙语……；与墨西哥人在一起时，我们说标准的墨西哥西班牙语或是北部墨西哥的方言；而对于我的父母、兄弟、姨妈和其他长辈，我们用奇卡诺得克萨斯西班牙语。"[1]

对于大多数奇卡诺/纳人来说，最亲切的还是奇卡诺西班牙语和美国式的墨西哥语。除此之外，还有工人阶级英语和英语俚语、奇卡诺西班牙语、美国式的墨西哥语和美国式西班牙语。北部墨西哥西班牙语方言也会因为来自不同的地区，如得克萨斯州、亚利桑那州、新墨西哥和加州，有各自不同地区的变体。其中，美国西班牙语pachuco（caló）[2]是具有反抗性的语言，包括很多西班牙语和英语的俚语[3]，既对抗标准的西班牙语，也对抗标准的英语。它是一种私密的语言，局外人根本无法听懂它，更不能理解它。

奇卡诺人总是根据不同的需要不断在各种语言间穿梭，正如他们的身份一样，处于不断地协调中。奇卡诺西班牙语正是处于中间地带的他们找到的适应他们需求的边土语言。

在《边土》中，安扎杜尔对不同语言的使用也有她不同的目的。当试图描述土著文化和土著居民受压迫的历史时，作者常用奇卡诺西班牙语来表达，有时还会创造一些新词。如"pocho"就是比较典型的词汇，主要指被美国文化同化的墨西哥人，他们说西班牙语，但同化使他们在口音上发生了变化；"maquiladoras"这个词主要指那些美国人开办的用最低的劳动报酬雇佣墨西哥移民的工厂；而"Mojados"是指那些经历艰难险阻，通过格兰德河非法进入美国境内的墨西哥人……这样的例子还有许多，不胜枚举。

[1] Anzaldúa, Gloria. Borderlands/La Frontera: The New Mestiza. 3rd edition [M].San Francisco, Calif.: Aunt Lute Books, 2007: 78.

[2] Anzaldúa, Gloria. Borderlands/La Frontera: The New Mestiza. 3rd edition [M].San Francisco, Calif.: Aunt Lute Books, 2007: 77.

[3] Anzaldúa, Gloria. Borderlands/La Frontera: The New Mestiza. 3rd edition [M].San Francisco, Calif.: Aunt Lute Books, 2007: 78.

对于奇卡纳而言，她们的语言往往也是身份的象征。作为处于男权社会的少数族裔女性，她们一直处于失语状态，而且从小一直说奇卡诺西班牙语的墨西哥妇女们常因为她们的西班牙语不够标准而受到人格的贬损。"如果任何一个人、奇卡纳人或拉丁美洲裔美国人贬损我的母语，她就是在贬损我的人格。"①她们甚至在拉丁美洲说西班牙语时也会感到相当不自信，害怕因其语言的非标准性而受到责难。虽然她们清楚地知道她们的西班牙语不可能像西班牙本国人那样地道，也明白她们语言的独特性是对抗主流文化的有力武器，但外界的压力往往让她们感到羞愧。"靠近另外一个奇卡纳就像照镜子，我们对会看到彼此心怀恐惧。童年时期，人们就告诉我们，我们的语言是错误的，对我们所说语言的不断打击也在不断打击着我们的自尊。这种打击一直贯穿生活始终。"②于是，有人选择了放弃，现在，许多新墨西哥州、亚利桑那州和加州的墨裔女性已经对西班牙语深感陌生，如果有人在旧金山说起西班牙语，一定会造成奇怪的尴尬场面。但仍然有人选择坚持，得克萨斯州的奇卡纳可以自由地用任何语言交谈。因为她们不愿忘记她们的传统，不愿忘记她们真实的奇卡纳身份。"野蛮的语言不可能被驯服"③，她们敢于跳出"我就是零，什么也不是，谁也不是"④的怪圈，敢于承认她们是墨西哥人，来自不同的种族，来自有着西班牙和印第安血统的混血民族。

语言不仅反映身份，还可以帮助奇卡纳确立身份认同。安扎杜尔的一段个人经历就证明这一点，一位牙医曾经对她说，"我们打算控制你的舌头"⑤，她想，"你如何控制一个疯狂的舌头？让它安静，遏制它的野

---

① Anzaldúa, Gloria. Borderlands/La Frontera: The New Mestiza. 3rd edition [M].San Francisco, Calif.: Aunt Lute Books, 2007: 80.

② Anzaldúa, Gloria. Borderlands/La Frontera: The New Mestiza. 3rd edition [M]. San Francisco, Calif.: Aunt Lute Books, 2007: 80.

③ Anzaldúa, Gloria. Borderlands/La Frontera: The New Mestiza. 3rd edition [M]. San Francisco, Calif.: Aunt Lute Books, 2007: 76.

④ Anzaldúa, Gloria. Borderlands/La Frontera: The New Mestiza. 3rd edition [M]. San Francisco, Calif.: Aunt Lute Books, 2007: 85.

⑤ Anzaldúa, Gloria. Borderlands/La Frontera: The New Mestiza. 3rd edition [M]. San Francisco, Calif.: Aunt Lute Books, 2007: 75.

性？"①这里舌头是语言的象征，也是少数族裔女性身份的象征。统治者希望通过暴力或是威胁的手段使女性或女性的语言顺从、屈服，接受既定的行为规范。

但当安扎杜尔第一次听到波多黎各和古巴妇女讲着属于女性自己的语言时，她幡然醒悟，原来奇卡纳也可以有自己的话语权。

"我不再对我的存在感到羞辱，我将发出自己的声音：印第安人的声音，西班牙人的声音，白人的声音。我将用我民族的语言——作为勇士的声音，我女性的声音，作为作家的声音——克服失语的传统。"②

拉丁美洲女性说自己的语言是合法的，多数情况下，"她们一生都专注于她们的母语，几代人，几个世纪，西班牙语都是她们的第一语言，在学校学，在电视广播里听，在报纸上读。"③而奇卡纳人则不是，虽然她们的成长环境到处是西班牙语，但她们甚至可以说八种语言，每种语言都有它的意义。语言就是一个人的祖国，"我就是我的语言"④。语言是奇卡诺人身份的象征，而多种语言的相互转换也将他们身份中的跨国主义表现得淋漓尽致。

既然语言可以描述身份，那么作为诗人和作家，女人、女同性恋者，安扎杜尔认为，对不断徘徊在各种语言和身份中的奇卡纳而言，发出她们独有的声音更显重要，奇卡纳也大有创造自己语言的必要。奇卡诺（Chicano）和奇卡纳（Chicana）通过结尾词缀的变化来展现词语的阴阳性和性别的变化就是最初的有益尝试。语言不仅反映身份，还可以重塑身份，因为"族裔身份同语言身份是同胞姐妹——我就是我的语言"⑤。

在《边土》的文本中，第一人称和第三人称的转换也是安扎杜尔使用的

① Anzaldúa, Gloria. Borderlands/La Frontera: The New Mestiza. 3rd edition [M]. San Francisco, Calif.: Aunt Lute Books, 2007: 75.

② Anzaldúa, Gloria. Borderlands/La Frontera: The New Mestiza. 3rd edition [M]. San Francisco, Calif.: Aunt Lute Books, 2007: 81.

③ Anzaldúa, Gloria. Borderlands/La Frontera: The New Mestiza. 3rd edition [M]. San Francisco, Calif.: Aunt Lute Books, 2007: 58.

④ Anzaldúa, Gloria. Borderlands/La Frontera: The New Mestiza. 3rd edition [M]. San Francisco, Calif.: Aunt Lute Books, 2007: 59.

⑤ Anzaldúa, Gloria. Borderlands/La Frontera: The New Mestiza. 3rd edition [M]. San Francisco, Calif.: Aunt Lute Books, 2007: 81.

另外一种符号代码的转换。第一人称和第三人称的转换有助于作者表达更多人的心声，来自不同性别、不同种族、不同文化的声音。

"我不认为我，格洛丽亚，自己就能创造出《边土》，我只是一个代言人和一个沟通者，虽然我了解我言说的象征、语言和方式，而且使用了我特有的结构和风格，但我知道，生活的素材来源于世界万物，来源于众人的生活经验，来源于书本中。"①安扎杜尔在第一人称和第三人称的交错中努力实现女性混血意识的建构。

在书的首章开篇，伴随着对美墨边界格兰德河历史溯源的描述，有这样几行诗句，"这就是我的家园，带有尖刺的地方"②。这是墨裔群体"身在故乡为异客"的无奈。而后又讲述了一位为了养家糊口，在美国非法工作的妇女的故事。她来到异国他乡求生存，却遭受着种种经济压迫和政治疏离。这不仅是一位墨西哥妇女的故事和经历，也是众多棕色皮肤姐妹们的共同命运。因此在此章的结尾，诗行再次出现，但人称发生了变化和转换："这就是她的家园，带有尖刺的地方。"③将"我"转变成"她"，意味着这不再是"我"安扎杜尔个人的经历，也不是个别非法移居女性的命运，而是奇卡纳乃至少数族裔女性的共同宿命。

这种语言形式和叙述方式的融合和创新不仅是安扎杜尔表达个人理想和政治思想的手段和媒介，也是对有关种族、民族、性别等问题陈腔滥调的对抗。

安扎杜尔本身就是一个矛盾体，她既是墨西哥传统文化的继承者，又深受西方社会教育观念的影响。安扎杜尔试图将这两种文化和两种语言融合在一起，通过有悖于传统文学标准的表达方式传达她"女性混血意识"的精髓和思想。在非同寻常的表达方式中，她完成了本土语言和英语的结合，第一人称

① Torres, Hector A. In Context: Gloria Anzaldúa's Borderlands/ La Frontera: The New Mestiza [C]. in: Braum, Harold Augen and Olmos, Margarite Fernndez, ed. U.S. Latino Literature: A Critical Guide for Students and Teachers. NewYork: Greenwood Press, 2000: 125.

② Anzaldúa, Gloria. Borderlands/La Frontera: The New Mestiza. 3rd edition [M]. San Francisco, Calif.: Aunt Lute Books, 2007: 25.

③ Anzaldúa, Gloria. Borderlands/La Frontera: The New Mestiza. 3rd edition [M]. San Francisco, Calif.: Aunt Lute Books, 2007: 35.

和第三人称的转换，古老和现代的结合。任何一个生存在两种或多种文化夹缝中，承受矛盾心理状态的人都可试图将具有跨国民族主义性质的"新女性混血意识"作为他们的出路。

"格洛丽亚一直在追寻一种表现自我的适当方式，这种方式可以传达由于历史、政治、社会和语言因素的压迫导致的内心伤害，同时，她所使用的语言也正与之要表达的多重身份——'新女性混血意识'相契合。"①

边土文化的风格也包含着许多层面，"边土的风格是具有混血性质的：诗歌、记述、评论——我们跨越不同的文学样式，跨越边界。这是一种新的诗学，也是一种新的美学"②。

处于美墨边界的奇卡纳的多重身份在《边土》的多重体裁并用中表现得淋漓尽致。安扎杜尔在《边土》的文学创作中一改文学创作传统，融合了自传、历史、小说、散文、诗歌和文学评论多种文学体裁，历史叙述之前为个人传记，具有高度自传性质，历史叙述之后伴随诗歌，作者试图在不同文学体裁的穿梭中再现奇卡纳混血身份的包容性和开阔性，引领了20世纪末文化混血和文学体裁样式杂合的潮流。

安扎杜尔在《边土》中展现的体裁混血随处可见。在书的首章《故土：阿兹特兰》（The Homeland，Aztlán：El otro México）的开篇，安扎杜尔就冠以诗歌，向读者展开了一幅历史和地理的画卷；而后当谈及美国和墨西哥之间格兰德河沿岸人们的生存状态时，文体则变化为评论，在论及个人经历的同时也涉及整个民族的移民经历和史实背景。因此，可以说，在评论的过程中，史实和自传也交错其中。自传和史实交叉，散文、诗歌，评论、历史评述交错，同时又伴有语言的转换，安扎杜尔独特的写作风格贯穿作品始终。

戴安·弗里德曼（Diane Freedman）也承认，这是一种"强有力的、具有诗性的混合模式，在这种模式中，所有个人的、诗意的和政治的因素结合在一起，是具有综合性质的自我表达的文学样式，而这种处于边缘的表达方式正是

---

① Tereza Kynclová. Constructing Mestiza Consciousness-Gloria Anzaldúa's Literary Techniques in Borderlands/ Frontera—the New Mestiza [J].Human Architecture: Journal of the Sociology of Self knowledge, IV, Special Issue, 2006: 43-44.

② Anzaldúa, Gloria. Border Crossings [J]. in: Trivia. New Amherst, 1989: 47.

对主流文化秩序的公然反抗"①。

洛伊丝·萨莫拉（Lois Zamora）也对安扎杜尔混合文体的使用大为赞赏，"安扎杜尔以融合互补的推动力来记录和想象，产生了绝妙的混合体：神话、历史、回忆……在这样的文体中，自传和小说交迭，跨越对方的领域……它试图发现并不妨碍一种文体其他因素的风格……"②安扎杜尔在《边土》中有意设计的文体杂合克服了传统文学理论的限制，超越了传统文学的创作标准，在追求理想状态的表达方式过程中，传达着她的混血哲学。

安扎杜尔在《边土》中，自传和历史的结合有其重要内涵。安扎杜尔描述的人生经历既是她个人经历的自传式描述，同时也是奇卡诺/纳人共有的经历与体验。"我书中描述的不仅仅是我个人的经历，它是一种文化的表达……在边土中，我代表的是混血女性，代表着奇卡纳文化。我自身就代表着她。"③因此《边土》中即使伴有个人生活的片段，也会将与奇卡纳文化相关的史实穿插其中，旨在描写奇卡诺/纳人的共同命运。同时，史实中的个人经历叙述也是为了让更多人领悟到"新女性混血意识"不仅是一种集体意识，也与这个种族的每个个体息息相关。就如同在古老的阿兹特克文明传统中，"同上帝和众神的交流需要通过比喻和象征，以诗歌和事实的手段来完成"④，那么自传和史实就是"事实"的一部分。散文和诗歌相混合，英语和西班牙语相混合，评论和历史传记相混合，历史和神话相混合，整部作品就像一个蒙太奇，掺杂着太多复合的元素。安扎杜尔也再三强调，"我的作品是一个集合，是蒙太奇，是由多个主题和一个核心议题串成的成功之作。在疯狂的舞蹈中时

---

① Diane P. Freedman.Writing in the Borderlands: The Poetic Prose of Gloria Anzaldúa and Susan Griffin [C]. in: Perry, Linda M., Turner, Lynn and Sterk, Helen, ed. Constructing and Reconstructing Gender: The Links Among Communication, Language and Gender. Albany: State University of New York Press, 1992: 211.

② Parkinson. Introduction: Moveable Boundaries—Public Definitions and Private Lives [C]. in: Zamora, Lois Parkinson, ed.Contemporary American Women Writers: Gender, Class, Ethnicity. New York: Longman, 1998: 6.

③ Anzaldúa, Gloria. Border Crossings [J]. in: Trivia. New Amherst, 1989: 47.

④ Anzaldúa, Gloria. Borderlands/La Frontera: The New Mestiza. 3rd edition [M]. San Francisco, Calif.: Aunt Lute Books, 2007: 91.

隐时现。它叛逆而固执，因为我是那么活跃、那么有思想"①。

那么，安扎杜尔何以敢于违背学术传统，执着于创造自己的叙述方式？在她看来，改变传统的写作方式是因为，"生活本身就是对身份的对抗，是与政治思潮的对抗，是与学术传统的对抗"②。

首先，她之所以要对抗西方的学术标准和学术权威，是因为有色人种作家在白人作家建立的价值体系中一直遭受压抑和忽视，一直处于社会的边缘。但也恰恰是这样的生存状态激发了她重新构架属于自己理论的冲动。这些少数群体创造的属于自己的理论虽然更通俗易读，但其政治倾向性和批评性并没有因此而削弱，因为它恰恰切合于事实和理论之间，描述与阐述之间，更贴近于生活。相比之下，高度理论性的著作则运用极度抽象和理论化的语言表述事物的客观性，并不会将任何自传性描述和经历置于其中。著作中大量晦涩难懂的术语和繁杂的理论体系在一定程度上也阻碍了读者和作者之间有效沟通，以至于造成了读者对作者表达意图理解上的距离感。安扎杜尔认为抽象的思想和西方传统的学术标准不仅对文学创作毫无裨益，还会让少数族裔女性陷入西方男权文化的禁锢，因此，她倡导"抛弃抽象的概念和学术传统，要毫无屏障地感受自我，要接触更多的人，要了解更多的个人经历，社会意识的唤醒不是要通过华丽的言辞，而是要通过血与肉的体验"③。

因此，安扎杜尔大胆地使用非固定的、灵活的多种文学样式，使个人经历成为叙述的视角之一，让读者倍感亲切和易读。较之其他任何一种形式和理论，她构筑的属于自己的理论结构更清晰地阐述了少数族裔作家的经历和处境。基廷（Keating）说，传统的观念和价值体系经常会"包含隐藏着的关于

① Anzaldúa, Gloria. Borderlands/La Frontera: The New Mestiza. 3rd edition [M]. San Francisco, Calif.: Aunt Lute Books, 2007: 88, 100.

② Ikas, Karin Rosa. Gloria Anzaldúa: Writer, Editor, Critic, and Third-World Lesbian Women-of-Color Feminist [C]. in: Ikas, Karin, ed.Chicana Ways: Conversations with Ten Chicana Writers.Las Vegas: University of Nevada Press, 2002: 6.

③ Anzaldúa, Gloria. Speaking in Tongues: A Letter to 3rd World Women Writers [C]. in: Gloria Anzaldúa and Cherrie Moraga Ed. This Bridge Called My Back, 1991: 173.

性别、种族和阶级的偏见"①，而安扎杜尔开放式的政治理论和对传统观念的破除"既能揭露潜在的偏见，又能提供另外一个视角"②。这就是安扎杜尔为少数族裔所做的巨大贡献。在她看来，写作同理论一样有着巨大的变革能力。安扎杜尔正在用手中的笔重新阐释现有的观念体系，描述着全新的理论。

> "理论产生的影响改变着人类，也改变着人类看待事物的方式。因此我们需要一种学说让我们阐释当今世界的现状，解释我们'为什么'和'如何'以某种方式与某些人存在联系；反映在一个个体或在两个'我'和存在于族裔群体内部的'我们'之间的内在、外在和周边的'我'的生存状态。这个学说用种族、民族、性别和阶级作为分析类别重述历史，是跨越边界的理论，模糊了边界的划分——是用新的理论方法创造的新的理论。"③

第二，安扎杜尔在她的文本中创造了"边土"的写作样式，融合了各种写作体裁：自传、历史传记、诗歌、散文等，是因为她试图通过挑战传统的写作方式不断强调在奇卡诺民族中存在的多重文化、多重语言和多重声音。安扎杜尔曾经这样说，"主流社会的模式是要割裂梦想者的各种联系；它试图将个人/私人和学术/理论分离开来，或者将精神和心智，或感情和身体分离开来"④。而安扎杜尔认为私人和理论，精神和心智是彼此紧密联系的，因此她用散文和诗歌的形式将历史评述、语言研究、个人经历与内心反思结合起来。"女性混血意识的概念旨在阐明在价值观上的'自我'的流动性。这本书本身就试图表现有独立自主倾向的女性混血哲学体系和由此引发的行为表现。换句

---

① Keating, Ana Louise.Women Reading Women Writing: Self-Invention in Paula Gunn Allen, Gloria Anzaldúa and Audre Lorde [M]. Philadelphia: Temple University Press, 1996: 10.

② Keating, Ana Louise.Women Reading Women Writing: Self-Invention in Paula Gunn Allen, Gloria Anzaldúa and Audre Lorde [M]. Philadelphia: Temple University Press, 1996: 11-12.

③ Anzaldúa, Gloria,ed. Making Face Making Soul: Haciendo Caras: Creative and Critical Perspectives by Feminists of Color. San Francisco: Aunt Lute Books, 1990: "Preface" xxv.

④ Anzaldúa, Gloria. Borderlands/La Frontera: The New Mestiza, 3rd edition [M]. San Francisco, Calif.: Aunt Lute Books, 2007: 43.

话说，这种写作风格包含着毫无羁绊的女性混血意识；边土是安扎杜尔个人和集体意识精神建构的物质化。"①

二、宗教中的跨国民族主义——宗教的混血

在美墨边界地区，宗教是异常敏感和复杂的话题。阿兹特克文化中的土著宗教有伏都教（一种西非原始宗教）、萨泰里阿教（结合非洲部落和天主教宗教仪式的宗教）、萨满教②和其他土著的宗教。在基督教徒眼中它们都是异教，而这些异教的神话传说就更不足为信。同样，对于像安扎杜尔这样的奇卡纳女性主义者而言，基督教和天主教对她们的日常行为也没有任何意义。基督教徒和少数族裔宗教群体对彼此的信仰都不屑一顾。但安扎杜尔在《边土》中将自己比作萨满巫师则是一个不容忽视的类比和概念，因为她试图通过此类比表明她明确的宗教信仰和政治立场。安扎杜尔在名为《萨满传统中的比喻》③的文章中也重新确立了萨满教在阿兹特克社会中的作用，将古老的萨满传统应用到现代的情况之下，并使之成为其新混血意识理论的一部分。

在安扎杜尔"新女性混血意识"的叙述中，写作的过程被视为疗伤的过

---

① Tereza Kynclová, Constructing Mestiza Consciousness-Gloria Anzaldúa's Literary Techniques in Borderlands/ Frontera—the New Mestiza [J]. Journal of the Sociology of Self-knowledge, IV, Special Issue, summer 2006: 67.

② 萨满教一词源自西伯利亚Manchu-Tungus族语的saman，经由俄语而成英语（Shamanism）之萨满教，而shaman指萨满巫师和僧人。所谓萨满教并非指某种特定的宗教或信仰，而是具萨满经验和萨满行为的通称。根据Tungus族语文字的表面意义来说，它有"知者"之意，所谓知者，意指萨满教是一种获得知识的方式。萨满教没有固定的教条或特定的信仰体系，而是一种现象的通称，不同传统的萨满教有不同的形式和特征，而一般对萨满教的定义也都强调其经验与技术。该宗教具有较复杂的灵魂观念，虽然他们没有成文的圣典，特定的创始人，也没有统一的寺庙和规范化的宗教仪礼，但在"万物有灵"的信念支配下，以崇奉氏族部落的祖灵为主，也有强烈的自然崇拜和图腾崇拜。而巫师的职位常在本部落氏族中靠口传身受世代嬗递。虽然随着原始公社的解体和阶级社会的出现，萨满教日益衰落，人们开始逐渐皈依其他宗教，但其浓厚的影响和异质的特征使其影响一直流传至今。

③ Anzaldúa, Gloria. Metaphors in the Tradition of the Shaman [C]. Conversant Essays: Contemporary Poets on Poetry. Detroit: Wayne State University Press, 1990: 99. 此篇论文于《边土》出版后8个月发表，对于安扎杜尔论及的萨满传统还可参见Steele, Cassie Premo. We Heal from Memory: Sexton, Lorde, Anzaldúa, and the Poetry of Witness [M]. New York: Palgrave, 2000: 86-90.

程，具有治愈的作用，这也是她的主要理论成就之一。而写作过程的治愈作用则来自萨满教的精髓，因为能量、变革和疗愈作用都是萨满教的典型特色。安扎杜尔将自己比作萨满僧人，写作是饱受创伤、受压迫妇女的一剂良药，写作的过程也就是治愈的过程。在安扎杜尔看来，一部作品包含的美学价值位于其次，它的优劣与否完全在于其治愈功能的强弱。

墨西哥人和印第安人对原始宗教的坚持一方面来自对传统文化的执着，另一方面也源于对外族宗教如天主教和基督教的恐惧。

> "天主教和新教总是让人感到恐惧，对生命和身体产生怀疑；他们鼓励肉体和精神的分离，而完全忽视灵魂的存在；……他们鼓励我们消灭自我的某部分，身体是不值得重视的。智慧只在于头脑中。但身体是聪慧的。他不能区分外在的刺激物和想象的刺激。"①

相比之下，墨西哥人的原始宗教观念让他们获得了身心的安全感，"特别是当有人质疑我们的信仰时，我精神中的蛇神就会出现。我想她就是蛇女神；她就是劳安，夜之女，在无名的黑暗中寻找失去的自我，我记得她跟随过我，也记得她怪诞的悲伤。我想她就是为她失去的孩子而哭泣"②。

可以说，萨满教就是墨西哥人精神中的"蛇神"，对土著文化和原始宗教的回归可以赐予印第安妇女和墨西哥③妇女无穷的力量。她们也希望在原始宗教的回归中找回女性应有的言说能力，而这里回归的手段和途径就是写作。

---

① Anzaldúa, Gloria. Borderlands/La Frontera: The New Mestiza. 3rd edition [M].San Francisco, Calif.: Aunt Lute Books, 2007: 59.

② Anzaldúa, Gloria. Borderlands/La Frontera: The New Mestiza. 3rd edition [M].San Francisco, Calif.: Aunt Lute Books, 2007: 32.

③ 实际上，过去，印第安人一直是墨西哥这片土地上的主人。他们创造了举世闻名的奥尔梅克、玛雅、特奥蒂瓦坎、托尔特克、阿兹特克等古代印第安文化，墨西哥也因此成为印第安古文化的中心。但1519年西班牙殖民者入侵墨西哥后，不断的杀戮和摧残，印第安人才成了墨西哥的少数民族。印第安人相信"万物有灵论"，他们崇敬自然，对自然界的一草一木、一山一石都充满敬畏。虽然现在的印第安人在相当程度上已经被欧洲基督教信仰同化，但印第安的原始信仰仍然存在，如萨满教。它与基督教相混杂，成为一种奇怪的宗教信仰。宗教信仰在印第安人生活中占据很高地位，最重要的部落首领则是他们的宗教领袖。

　　萨满教原本是阿兹特克①的纳华族人（墨西哥及中美地区的土著民族）的宗教信仰，它试图保留和创造一种文化身份，将古老的文化传统与现代联系起来。萨满教作为阿兹特克文化中的一部分，本身就具有女性的特征，萨满教徒多为女性的显著特点就从一个侧面印证了这一点。而安扎杜尔将自己比作萨满巫师也符合其女性角色的选择。不仅如此，萨满宗教中的"女蛇神"形象也再次强调了阿兹特克文明的女性传统。"蛇是女性的代表，而鹰是男性的代表。"②女蛇神还是医神，有疗愈之功，萨满就是蛇的化身。蛇冬伏夏出，象征温暖的春天，代表生命的萌生和万物复苏，蕴含着旺盛的生育能力和生命力，是生命的延续。蛇还是沟通海陆天各界的主神，身连上中下三界，它的神性使之成为沟通自然和人类的使者；蛇无孔不入，神秘莫测，是宇宙秘密的洞视者，是智慧的象征。因此在阿兹特克文化中，蛇犹如虎添翼一般，被赋予了传说中的翅膀，这就是阿兹特克的主神——羽蛇神——奎兹尔科亚特尔，是至善的丰饶之神。虽然西方传统文化认为萨满教是异教，是以迷信为基础的信仰和异端邪说，但基廷（Keating）却表示，萨满的传统中也包含着复杂、完善的美学、宗教和政治体系③。安扎杜尔定义的"新女性混血意识"中表达的文化状态就蕴含着萨满教的特色思想。

　　《边土》中的萨满并不是狭义上的萨满教，而是广义上具有普遍意义和世界性的萨满教。它的信徒遍布亚洲、非洲、美洲，乃至欧洲。他们信仰万物有灵论、有着强烈的祖先崇拜和自然崇拜。萨满教有两大基本特色：

　　其一是"意识转换"，即在出神状态（ecstasy）下暗示着的转变（mutation）。这恰恰符合安扎杜尔"新女性混血意识"中传达的"变化和转变"的精髓。

　　其二就是它的"疗愈能力"。不论萨满得到的是知识还是力量，它都具

---

① 在中美有阿兹特克人、玛雅人、加勒比人等；16世纪前，多半尚处于母系氏族阶段，但有少数像玛雅人、阿兹特克人和印加人等已形成早期奴隶制，成为具有高度文明的国家。16世纪起欧洲殖民者不断入侵、摧残和杀戮，致使人口不断下降，在殖民者占有的殖民地上饱受着统治者的歧视和同化。

② Anzaldúa, Gloria. Borderlands/La Frontera: The New Mestiza. 3rd edition [M].San Francisco, Calif.: Aunt Lute Books, 2007: 33.

③ Keating, Ana Louise.Women Reading Women Writing: Self-Invention in Paula Gunn Allen, Gloria Anzaldúa and Audre Lorde [M].Philadelphia: Temple University Press,1996: 135.

有疗愈性，力量（power）是萨满教的核心概念，可以说，其疗愈功能也是萨满教最核心的功能。无论是治愈疾病还是意识转换，萨满教都旨在协调人类和自然的关系，人与人之间的关系，发掘人类的潜能并不断进行自我完善。

在安扎杜尔的《边土》中，"萨满"的比喻和萨满教的"治愈"功能是通过诠释写作的过程来完成的，或者说写作是安扎杜尔对萨满教义治愈功能的有效尝试。虽然写作本身也是身体和精神的折磨，因为"写作让人忧虑，总是要不断地审视自我，我的经历，我内心的冲突，这些都使我焦躁不安。作家就像奇卡纳一样，或是和同性恋者一样，让人辗转反侧，如同处于近乎绝望的困境当中"①。但也正是这种忧虑激励奇卡纳在写作中不断反思，寻求出路，治愈心灵的创伤。

> "处于精神不安和边土的状态中使诗人和艺术家开始创作。它就像仙人掌的刺刺到了肉，让人烦恼不已，越想去拨它，就越难受。直到愈加恶化，开始溃烂，我才去想必须要采取一种手段去遏制它的发展，我也开始思索为什么会这样。我开始深探刺痛的位置，并试图拔掉它，像弹乐器那样，——用手指压，为了让它好转，让痛的地方更痛。最后刺才会出来。之后就不会再有不适，也不会再犹豫不决。直到另一个刺刺入皮肤。这个过程就犹如我的写作，总是陷于恶化和好转的无限循环当中，在经历中生发出意义。"②

安扎杜尔在写作的反思和创造中，终于找到了"新女性混血意识"这剂良药，发现了出路，实现了精神的变革。于是治愈的良方还是写作，正如安扎杜尔所说，虽然写作过程伴有心灵的焦虑，"写作就像面对着一个恶魔，与之

---

① Anzaldúa, Gloria. Borderlands/La Frontera: The New Mestiza. 3rd edition [M]. San Francisco, Calif.: Aunt Lute Books, 2007: 94.

② Anzaldúa, Gloria. Borderlands/La Frontera: The New Mestiza. 3rd edition [M]. San Francisco, Calif.: Aunt Lute Books, 2007: 95.

相视而望，描述着他们”①，但“写作能给我疗伤，带给我极大的快乐”②。

第三节　新女性混血意识
——《边土》中的跨国民族女性主义

　　从奇卡诺民族主义到跨国民族主义，再到跨国民族女性主义的转变，安扎杜尔的思想并没有违背奇卡诺运动的初衷，也没有抹杀她对家园价值的深刻认同，而是将奇卡诺的概念延伸到更广义的范畴：全球移民、跨国资本与文化的流动，等等。不断变化的身份认同和跨国思想也表现在语言层面、文化层面和精神层面等。

　　学者舍拉桑多瓦尔（Chela Sandoval）认为“新女性混血意识”是迄今为止20世纪末期最具影响力的女性主义理论，它来自奇卡纳，是“改进学科经典的当代想象”，是“美国第三世界女性主义批评中高于一切的研究策略”③。的确，这个理论从奇卡诺民族主义一路走来，发展到跨国民族主义，再到跨国民族女性主义，见证了奇卡纳女性的心理发展历程，也为所有少数族裔女性甚至白人女性进行文化研究和身份认同研究乃至在许多领域都提供了新视角和新维度。

---

① Anzaldúa, Gloria. Speaking in Tongues: A Letter to Third World Women Writers [C]. in: Gloria Anzaldúa and Cherrie Moraga Ed. This Bridge Called My Back, 1991: 173.

② Anzaldúa, Gloria. Borderlands/La Frontera: The New Mestiza. 3rd edition [M]. San Francisco, Calif.: Aunt Lute Books, 2007: 93.

③ Sandoval, Chela. Mestizaje as Method: Feminists-of-Color Challenge the Canon. In Living Chicana Theory, ed. Carla Trujillo [M]. Berkeley: Third Woman Press. 1998: 352-370.Portions of this article were first published in 1995 under the title U.S. Third World Feminism in The Oxford Companion to Women's Writing in the United States, eds.Cathy N. Davidson and Linda Wagner-Martin.

一、"新女性混血意识"①

格洛丽亚对于"新女性混血意识"的理论构想来源于何塞·巴斯孔塞洛斯（José Vasconcelos）有关"宇宙种族"（"a cosmic race"）的理论。但她有意超越这个理论，产生新的维度，于是"新女性混血意识"由此产生。

何塞·巴斯孔塞洛斯（1882—1959）是墨西哥重要的作家、哲学家和政治家，是墨西哥革命时期的文化领袖。他1925年提出的"宇宙种族"理论影响了墨西哥社会政治文化和经济政策的方方面面。这种"宇宙理论"意在表达美洲未来的"第五种族"的意识形态，是对世界上所有种族的凝聚，不论肤色，不论数量，以建立一种新的文明②。

实际上，何塞·巴斯孔塞洛斯之所以能够如此有受到推崇，也是因为他的理论帮助构建了一种超越暴力与战争的身份认同，而安扎杜尔的女性混血意识也是在通过建立第三维度空间结束暴力与战争的历史。

> "在两个或者更多基因流的汇合点，随着染色体的不断交叉，种族间的杂合，不是产生更低级的存在，而是繁衍混血的后裔，在一个丰富的基因池里繁衍不确定的、更可塑的物种。在种族、意识形态、文化乃至生物学的杂交过程中，一种异质的意识正在产生——即新的女性混血意识。"③

安扎杜尔承认何塞·巴斯孔塞洛斯对她的新"女性混血意识"理论的影响，实际上，安扎杜尔试图用何塞的理论来完成她自己的目标。她摒弃了何塞理论中的种族主义成分，将种族主义和性别的问题整合在一起，选择了乌托邦

---

① "新女性混血意识"（the New Mestiza）在西班牙语中的说法是"la conciencia mestiza"，它是安扎杜尔从奇卡纳女性体验和经历生发出的一个新词，实际上，这个名词本身就有女性主义色彩，因为Mestiza一词本身就有女性混血之意。这是笔者的字面翻译，以下同。

② https://en.wikipedia.org/wiki/Jos%C3%A9_Vasconcelos.

③ Anzaldúa, Gloria. "To live in the Borderlands means you." Borderlands/La Frontera: The New Mestiza. 1st ed [M]. San Francisco: Aunt Lute Books: 194.

式的精神概念，具有更大的包容性，也由此产生和发展了她的"新女性混血意识"理论。不仅如此，它还可以跨越一切边界，如身份认同、历史、语言、种族、性与性别。安扎杜尔通过新女性混血意识，集结了有着共同理想的人群，与种族和性别无关，与阶级和国家属性无关，这就是它重要的社会功能。它可以将具有共同经验的人联合起来，构建一个牢固的联盟，抵制任何带有偏见的主导性力量，如既可以抵制盎格鲁撒克逊人的压迫，也可以抵制男权社会的压迫。她想通过这样的理论改变世界。"能够将自己置于复杂的第三空间，即，既不是墨西哥的，也不是美国的，而是同时拥有两者潜力与局限的跨国空间"①，这是非常了不起的。

新女性混血意识"New Mestiza"中的"mestiza"，最开始来源于"mestizo"这个词汇。那么"mestizo"又从何而来？"混血"（Mestizo）这个词最开始是在西班牙、拉丁美洲或是菲律宾指代那些不管出生在哪里，但有着欧洲与印第安人混血血统的人群。在西班牙帝国统治时期，这个词也用来指代少数民族的分支。但现在，特别是在拉丁美洲，"混血"（mestizo）已经成为一个文化术语与名词……大部分说西班牙语的拉丁美洲人都称为"混血"人（mestizo）。

当我们谈到"混血（mestizo）"时，实际就是在谈论身份认同的主体性问题，身份认同的主体性来自历史，也屈从于历史，在身体中做了标记，它的混血性来自事物内部本身。"混血（mestizo）"中的展示出的自我在斯图亚特·霍尔（Stuart Hall）看来就是在差异中身份认同的动态变化。

而"mestizaje"则是西班牙语，与"mestizo"同源，在西班牙语中是种族杂合之意，是种族杂合的过程。现在来看，它也不仅是一个词汇，而已经演变成一个理论，也是身份模糊性的动态状态。"mestizaje"这个词最早也是由何塞·巴斯孔塞洛斯提出来的，"种族杂合是何塞·巴斯孔塞洛斯论文中的核心概念，但显而易见，他所指的种族杂合比我们理解的墨西哥人或是奇卡诺人具有更大的包容性和更广泛的范畴，……即使我们将'种族杂合'的概念扩大

---

① Perez-Torres, Rafael. "Alternate Geographies and the Melancholy of Mestizaje." Minor Transnationalism [M]. eds. Lionnet, Francoise and Shu-mei Shih. Durham and London: Duke UP, 2005: 317-322.

到所有种族，那么生物学意义上的杂合是不能满足何塞·巴斯孔塞洛斯要表达的'宇宙种族'观点的。"①

何塞·巴斯孔塞洛斯清晰地描绘了这个世界上的四个主要种族：黑人、印第安人、蒙古人和白种人，然后展望了第五个种族。这第五个种族就是他所说的"宇宙种族"，包含了之前的四个种族。虽然有学者指出这种分法有种族主义倾向，但他的历史倾向也是安扎杜尔支持他的重要原因之一。

"Mestizaje"不仅有生物学的含义，代表空间上和地域上的划分，还是各种矛盾产生的场所，也是社会变革的场所。正如沃尔特·麦宁罗（Walter Mignolo）所说，是"本土历史"（local history）和"全球构思"（global design）的集合，"双语方式"（Bilanguaging）就是连接"本土"（local）与"全球"（global）的手段。他认为语言的使用（languaging）是一种生活方式，因此，无论是"mestizo""mestiza""Mestizaje"，还是"奇卡诺"一词的表达，它们的出现和使用都是对身份认同主体性的呼唤和不懈追求，都是动态变化的，来自复杂的、发展的各种关系的文化架构，都是建立在跨国民族主义基础之上。它们都不局限于两国，而是大背景下的多国、多文化的交集。

如果将"女性混血"（mestiza）置于更广阔的空间下，那么它的特性也一定具有跨国性质。有学者认为，跨国"一定是一个交流与参与的空间，无论杂合的过程发生在哪里，它都是无须从中心调节的文化创造过程"②。安扎杜尔也同意这样的说法，"边土发生在任何两种文化或多种文化交接的区域，在这片区域，不同种族的人占有同样的空间，不管来自社会的何种阶级，在这样的空间，两个个体会变得异常亲密"③。

"新女性混血意识"是安扎杜尔对奇卡纳女性主义理论的最大贡献之

---

① Jaén, Didier. "Introduction" xvi, "Introduction" ix-xxxiii. The Cosmic Race: A Bilingual Edition. [M]. Trans. Baltimore: Johns Hopkins UP, 1997.

② Lionnet, Françoise. "The Politics and Aesthetics of Métissage." Autobiographical Voices. Race, Gender, Self-Portraiture [M].Ithaca and London: Cornell UP, 1989. "Logiques métisses: Cultural Appropriation and Postcolonial Representations." Postcolonial Representations. Women, Literature, Identity.Ithaca and London: Cornell UP, 1995: 1-21.（"Thinking Through the Minor" 5）.

③ Anzaldúa, Gloria. Borderlands/La Frontera: The New Mestiza. 2nd ed. [M]. San Francisco: Aunt Lute Books .1999: 19.

一，也是根据奇卡纳经历与体验创造出的最经典的理论。它的复杂性和多重性使之超越了二元关系和传统中的二分法思想，试图在所有少数族裔间架起一座桥梁，以实现社会上和政治上的转变。

安扎杜尔开创的"新女性混血意识"理论来源于她长期处于"边土"的身份状态和多元的文化环境。虽然安扎杜尔现在的收入和社会地位已经属于中产阶级，但她的生活方式仍然是工人阶级的。从劳动阶级过渡到中产阶级，跨越那条边界，是一个非常艰难的过程……①但她甘愿处于这样的境地，因为这样的处境让她真实感受到内在的反抗力量。她的"新女性混血意识"将白人文化和奇卡纳文化连接在一起，将不同种族、不同阶级和不同性别的传统完美地结合在一起。

安扎杜尔的文学创作和理论创造也来源于多元文化的影响。她从不否认白人女性主义对她写作，甚至是世界观产生的影响，而且那是"积极而深远的影响"②。当她的女性主义思想已初步形成，却苦于没有合适的语言表达时，白人女性主义者③和她们的作品给了她意外的惊喜和灵感。

> "恰恰是白人的女性主义者给予我这样的语言。而一旦有了这些语言和词汇，我就开始用我们文化中的词语、象征和意象来思索属于自己的女性主义思想。因此我对英国作家，对欧洲裔的美国女性作家都怀有深厚的感情。我从来不想否认在我身体里面同时具有白人的血统和白人的思想。有时我会对我身体中白人的一面感到懊恼，但有时我也觉得很幸运。就如同我身体中的其他身份一样。"④

由此看出，安扎杜尔的生活背景和教育背景本身就是具有跨国性质的，

---

① Reuman, Ann E, Anzaldúa Gloria E. Coming into Play: An Interview with Gloria Anzaldúa [J]. MELUS, Vol. 25, No. 2, Latino/a Identities, 2000: 32.

② Reuman, Ann E, Anzaldúa Gloria E. Coming into Play: An Interview with Gloria Anzaldúa [J]. MELUS, Vol. 25, No. 2, Latino/a Identities, 2000: 38.

③ 凯特·米丽特（kate Millet）、罗宾·摩根（Robin Morgan）和朱迪（Judy Grahn）.

④ Reuman, Ann E, Anzaldúa Gloria E. Coming into Play: An Interview with Gloria Anzaldúa [J]. MELUS, Vol. 25, No. 2, Latino/a Identities, 2000: 38.

她内在的身份认同也具有跨国性质，再加上她的女性主义视角，安扎杜尔从奇卡诺人的民族主义逐步走向了奇卡纳的跨国民族女性主义。

"新女性混血意识"是"对矛盾的容忍，对模糊的宽容"，混血女性要学会辗转于各种文化间，"在墨西哥文化中作印第安人，在美国人的视野下作墨西哥人"①。虽然这个概念来自奇卡诺民族，有着女性主义的视角，但它却不仅仅是局限于有色种族和女性范畴的理论和意识形态。不管拉美裔人、美国印第安人、黑人、美国亚裔，还是白种人，不管是男人还是女人，只要处于"边土"文化中，就可能经历"新女性混血意识"。它是超越地理空间与种族界限的具有跨国主义视野的理论。

安扎杜尔所说的"边土"是"非自然边界遗留下的，由情感造成的一个模糊的、不确定的区域"②，是"开放的伤口"。这里可以是地理的边界，但有强烈的比喻内涵。边界文化的交融造成了中间地带的流动性，而文化间的互动和妥协也造就了一种"新文化"，墨西哥文化、土著印第安文化和盎格鲁文化杂合的新的"边土文化"和意识形态应运而生。

那么为什么在这样的边土文化中更容易出现女性主义的呼声呢？

妇女在任何一个男权文化占主导的社会中都容易遭受压抑和忽视，有色人种女性更为如此，"当她所处的民族文化和白人文化都针对她，指责她，当男性都视她为猎物，那么妇女就毫无安全感可言⋯⋯变得恐惧而茫然，不能够回应，她的脸会陷于间隙之中，陷于她所在的不同世界的中间空间中"③。因此，在这样的语境下，安扎杜尔认为，边土更容易成为女性挣脱桎梏和发挥力量的空间。墨西哥的传统文化虽然以根深蒂固的男权至上主义为核心，但与其他民族不同的是，墨西哥民族中，文化价值观念大多是由母亲和女性角色传输给年轻的下一代。因此安扎杜尔希望重新恢复墨西哥文化中的女性地位，挑战传统的叙述方式和历史叙述。安扎杜尔认为最为行之有效的策略就是她创造的

① Anzaldúa, Gloria. Borderlands/La Frontera: The New Mestiza. 3rd edition [M]. San Francisco, Calif.: Aunt Lute Books, 1987: 101.

② Anzaldúa, Gloria. Borderlands/La Frontera: The New Mestiza. 3rd edition [M]. San Francisco, Calif.: Aunt Lute Books, 2007: 25.

③ Anzaldúa, Gloria. Borderlands/La Frontera: The New Mestiza. 3rd edition [M]. San Francisco, Calif.: Aunt Lute Books, 2007: 42.

"新女性混血意识"（the New Mestiza）。

　　"新女性混血意识"不仅具有跨国性质，强调身份认同的复合性和杂交性，同时跨越三种文化：墨西哥文化、盎格鲁美国文化和土著印第安文化，它也绝非是简单的血统混合，而是一种建立在美国西南部地区的殖民文化的产物，是一种政治力量和政治的意识形态。这种意识形态是在文化的交融中，在边土经验中生发出来的，从而使混血身份产生无穷的力量，因此它本身就具有跨国民族主义的性质。但它同时也更进一步，具有女性主义精神，使之有着跨国女性主义的性质。安扎杜尔相信，当这样的混血意识逐渐成为集体意识时，社会变革与公平便指日可待。

　　"新女性混血意识"不仅是多重文化的混血，也是性别的混血。

　　安扎杜尔认为，在她的"新女性混血"文化中，人们可以跨越国界，可以穿梭于各种身份之间，可以包容对立面，是具有超强能力的个体。

　　安扎杜尔提出了"一半一半"的理论，即如果一个人可以做六个月男人，做六个月的女人，那便可以更好地体验生活，体验生活中的对立面，成为更加具有包容性的超强能力的个体。因此，"性的混血"是安扎杜尔"新女性混血意识"中最大胆且有力的表现。据记载，在美国的土著印第安民族中，的确有具备两种精神特征的人，他们同时具有男人和女人的精神特征。但他们并没有被视为异类，反而受到尊重，并承担着各种社会角色[1]。实际上，在原始文化中，这些人具有神秘的超自然力量，这是他们为自身的非凡才华付出的代价。安扎杜尔本身也认同这样的异类形象，自己也是一位同性恋者，"作为一位混血女性，我没有祖国，我的祖国将我抛弃，但我也因此成为多个国家的臣民，我是每一位女性的姊妹，也可能成为每位女性的爱人"[2]。

　　安扎杜尔主张奇卡诺人与奇卡纳人之间的对话，以结束男性至上主义和对女性的性别歧视。安扎杜尔还认为奇卡纳同性恋者是文化的极致跨越者。作为一个混血女性，安扎杜尔也具备非凡的超自然力量，边界体验就是她创作

---

① Anzaldúa, Gloria. Borderlands/La Frontera: The New Mestiza. 3rd edition [M]. San Francisco, Calif.: Aunt Lute Books, 2007: 41.

② Anzaldúa, Gloria. Borderlands/La Frontera: The New Mestiza. 3rd edition [M]. San Francisco, Calif.: Aunt Lute Books, 2007: 103.

灵感的来源。"边土代表着一个创造性的空间，使艺术家们化腐朽为神奇……边土的经历不断让诗人写诗，让艺术家创作，就像肉被仙人掌的刺刺痛那样。"[①]现实和理想的疏离状态不断激励他们创作，在艺术作品中不断表达心声。创作本身就是协调现实与精神世界的过程，而作品也展现了协调两者的能力，这就是《边土》的精髓。

> "她用新的象征和新的神话重新诠释历史，她对这个棕色种族和它的妇女以及同性恋者采取新的视角，增强了对其含混性文化的宽容。她愿意分享，更容易接受异域的视角和思维方式。她放弃所有安全、熟悉的概念，解构，建构。她成为那瓦特尔人，她把自己变成一棵树，一匹狼，变成另外一个人。她学会把自己的小'我'变成真正的自我。"[②]

"新女性混血意识"是奇卡纳女性主义斗争的王国。墨西哥女人并不是天生的叛逆者，即使是，也是历史的产物。奇卡诺文化以保护的名义伤害着墨西哥女性的尊严。墨西哥女人已经经历了太久的失语和压抑，不仅受到西班牙殖民者和美国殖民者的压迫，还受到本族男权主义的束缚。她们隐藏了太多的情感和激情，不愿只是哭泣，她们终于要发出声音了。

二、阿兹特兰母系传统的回溯

人们普遍认为，阿兹特兰文化是以男权思想为主导的文化，"以男权为主导的阿兹特克文化通过将丑陋的品性强加于强大的女神形象之上来压抑她们的社会角色，并用男性诸神替代女神的地位。这种文化将完整的人/神的品格

---

① Anzaldúa, Gloria. Borderlands/La Frontera: The New Mestiza. 3rd edition [M]. San Francisco, Calif.: Aunt Lute Books, 2007: 95.

② Anzaldúa, Gloria. Borderlands/La Frontera: The New Mestiza. 3rd edition [M]. San Francisco, Calif.: Aunt Lute Books, 2007: 104-105.

分裂成好与坏的两面，光明和黑暗两面"①。

但事实上，在阿兹特兰民族集权统治之前，它是母系氏族社会。"早期的阿兹特克社会和托尔特克部落（10至12世纪在墨西哥占统治地位的印第安人），母系传承是它的特征。"②女性在部族中有至高无上的权力，不仅可以控制财产，做医师，还可以成为神职人员，成为人们的灵魂导师。而且"皇族的血统也按照女性的血统一脉相承"③。但后来部族之间战争不断，对男性的需求不断增加，人们希望男子在战争中骁勇善战，为部族获得利益和荣誉，于是男性的地位也随之提高，母系氏族社会开始向男权社会转变。

而妇女也从此逐渐沦为附属的地位，当丈夫、儿子、兄弟奔赴战场，妇女只会像悲哀的劳安一样哭泣。"哭泣是印第安妇女、墨西哥女性和奇卡纳无助之时最微弱的反抗。集体的哭泣仪式在崇尚战争和勇士精神的社会是反抗的象征。"④

但对于普通百姓而言，他们仍然信奉土著女神。"为了反抗阿兹特克的统治者，普通百姓继续信奉主管生产和丰收的女神，崇敬水神*chalchiuhtlicue*，食神*chicomecoatl*和盐神*Huixtocihuatl*。"⑤他们痛恨贵族在战争中获利，而平民却一无所有。因此当西班牙统治者入侵时，不仅敌对的部落有意帮助西班牙统治者击败阿兹特克，本族平民也怨声载道，统治者根本无法召集平民对抗敌人。因此，阿兹特克帝国的崩溃有着复杂的历史原因，而不是任何一个像劳安一样的女子的背叛行为所致。阿兹特克统治阶级宣扬的丑陋的女性形象破坏了男人和女人、贵族和平民之间的协调关系。⑥于是，安扎杜尔

① Anzaldúa, Gloria. Borderlands/La Frontera: The New Mestiza. 3rd edition [M]. San Francisco, Calif.: Aunt Lute Books, 2007: 47.

② Anzaldúa, Gloria. Borderlands/La Frontera: The New Mestiza. 3rd edition [M]. San Francisco, Calif.: Aunt Lute Books, 2007: 55.

③ Anzaldúa, Gloria. Borderlands/La Frontera: The New Mestiza. 3rd edition [M]. San Francisco, Calif.: Aunt Lute Books, 2007: 55.

④ Anzaldúa, Gloria. Borderlands/La Frontera: The New Mestiza. 3rd edition [M]. San Francisco, Calif.: Aunt Lute Books, 2007: 55.

⑤ Anzaldúa, Gloria. Borderlands/La Frontera: The New Mestiza. 3rd edition [M]. San Francisco, Calif.: Aunt Lute Books, 2007: 55.

⑥ Nash, June.The Aztec and Ideology of Male Dominance [C]. Signs, 1978: 361-362.

在她的作品《边土》中就试图通过对阿兹特兰母系传统的回溯将其从男性主导的民族转变为强调女性传统的国度。

> "奇卡纳文化更认同印第安的母性文化，而不是西班牙文化中的父权统治文化。我们的信仰深深植根于本土文化的品质、偶像、象征和神话……。作为希望和信念的象征，她支撑着我们生存的希望。这个具有印第安血统的民族，虽然饱受痛苦，近乎惨遭毁灭，曾几度陷入绝望之中，但凭着她的信仰，终于在艰难中重新存活下来。而对处于边界的墨西哥人来说，瓜达卢佩象征着对上层社会和富人的反抗……"①

因此安扎杜尔希望重新恢复墨西哥文化中的女性地位，挑战传统的叙述方式和历史叙述。安扎杜尔认为最为行之有效的策略就是她创造的"新女性混血意识"（the New Mestiza）。

安扎杜尔的"新女性混血意识"建立在女性主义的立场之上，反过来，安扎杜尔的女性主义立场也要通过"新女性混血意识"来实现，"新女性混血意识"是阿兹特克文化回归女性传统的必经之路。"混血女性的斗争就是一次女性主义的斗争"②。

对墨西哥传统文化中女性神话人物的重塑也是安扎杜尔表达跨国民族女性主义的重要手段。墨西哥有着丰富的与女性主体意识相关的历史人物和文化形象，可以说，了解这些墨西哥传统文化中的原型形象是真正理解奇卡诺/纳文学的关键。

母亲形象是墨西哥传统文化中的重要概念。在墨西哥文化中，有三位母亲形象：瓜达卢佩圣母（The Virgin of Guadalupe）、马林奇（La malinche）和劳安（La Llorona）。安扎杜尔写道，"这三位都是调停者：瓜达卢佩，没有

---

① Anzaldúa, Gloria. Borderlands/La Frontera: The New Mestiza. 3rd edition [M]. San Francisco, Calif.: Aunt Lute Books, 2007: 52.

② Anzaldúa, Gloria. Borderlands/La Frontera: The New Mestiza. 3rd edition [M]. San Francisco, Calif.: Aunt Lute Books, 2007: 106.

抛弃我们的圣母；马林奇，遭人蹂躏的母亲，最终被我们抛弃；劳安，四处寻找孩子的母亲，是二者的结合"①。这些女性神话人物形象反复出现在奇卡诺纳的文学作品中，是理解奇卡诺/纳文学的关键。

（一）瓜达卢佩圣母——女性宗教谱系的重建

谈及奇卡诺/纳文学，绝对无法绕开瓜达卢佩圣母的女性形象，在任何一部奇卡诺/纳文学作品中，似乎都有瓜达卢佩的身影，她是奇卡诺文化的最典型代表。

在墨西哥的文化传统中，瓜达卢佩圣母是墨西哥乃至全美洲土著居民的女守护神。她善良圣洁，是完美的母亲形象和弱者的保护者②。但她的完美特质却被统治者利用，统治者告诫墨西哥妇女，她们的性角色和社会角色就应该像瓜达卢佩一样，驯服、圣洁、仁爱，要做一个贞洁女子、贤惠的妻子和圣洁的母亲，或是殉道者。如果试图要争取自由和独立，那么她们就是对女性美德（Marianismo）的玷污③。

20世纪80年代，两位主要奇卡纳作家安扎杜尔和切瑞·莫拉加在她们的作品中鲜明地指出，瓜达卢佩圣母已经不应针对男性统治而存在，而应该将其重新定位，于是在《边土》的第三章中，安扎杜尔明确将瓜达卢佩圣母重新置于墨西哥文化固有的女神谱系当中，论证瓜达卢佩有着坚实的以女性为中心的本土宗教基础。（最初的宗教观是以女性为主体的，而不是男性。）

可以说，安扎杜尔对瓜达卢佩历史的回溯是对奇卡诺文化中女性传统重建的最有效尝试。

在历史上，瓜达卢佩圣母是来自中美洲主管生产的大地女神，她的地位无可替代，足以让其他众神黯然失色。如果推到更久远的年代，她又来自蛇裙女神柯丽瑰（Coatlicue），柯丽瑰是瓜达卢佩印第安名字"coatlalopeuh"的变体。"coatlalopeuh"名字的一部分"coat"在那瓦特语中是"蛇"的意思，而

---

① Anzaldúa, Gloria. Borderlands/La Frontera: The New Mestiza. 3rd edition［M］. San Francisco, Calif.: Aunt Lute Books, 2007: 30.

② Rebolledo, T.D.ed.Women Singing in the Snow: A Cultural Analysis of Chicana Literature［M］. Tucson, Ariz.: University of Arizona Press, 1995: 52.

③ Garcia, Alma.ed. Chicana Feminist Thought: The Basic Historical Writings［M］. New York: Routledge, 1997: 49.

"lopeuh"是操控蛇的人或神，因此蛇是印第安人最原始的民族象征①。

根据墨西哥古印第安人的传统，大地（Earth）就是一条盘蛇的化身②，而蛇又是阴性的，是女性的代表。"女人的女性特征是蛇的口，是世界上最神圣的地方，是万物轮回的圣地。"③蛇裙女神柯丽瑰有着人类的头颅，戴着人心串成的项链，将盘曲的蛇作为衣裙，有鹰爪一样的脚。作为创世纪的女神，她是天上诸神和阿兹特克战神（Huitzilopochtli）的母亲，也是月亮女神（coyolxauhqui）的姐妹。"蛇民族有自己的山洞，是大地蛇神的栖身之所，他们紧紧跟随蛇神的足迹。人类的命运就操控在蛇神的手中。"④

16世纪西班牙殖民者入侵墨西哥，当地的印第安人和墨西哥人并没有皈依西班牙人信奉的天主教，而信奉包含许多异教成分的民间天主教。而瓜达卢佩就是新印第安天主教中的圣母形象。由于印第安语中的"coatlalopeuh"同西班牙语中的"Guadalupe"同音，因此西班牙殖民者出于安抚土著居民的考虑，也认可她为西班牙的守护神。后来，西班牙殖民者用自己的宗教信仰重新诠释了瓜达卢佩，于是瓜达卢佩成为传统的古老的印第安和阿兹特克文明与"新"的欧洲宗教文化的有效结合体，正如安扎杜尔所说："瓜达卢佩圣母是唯一一个最强有力的奇卡诺人的宗教、政治和文化形象"，她就像我们的种族一样，是"新世界和旧世界的综合体，是我们民族宗教和殖民文化的综合体，是侵略者和被侵略者的结合体"⑤。

对安扎杜尔而言，瓜达卢佩不仅让人们想起殖民历史和殖民经历，更是土著宗教和传统的象征，留存在人们内心深处。"在我的卧室，我看见房间一

---

① Andres Gonzales Guerrero, Jr.The Significance of Nuestra Senora de Guadalupe and La Raza Cosmica in the Development of a Chicano Theology of Liberation [M]. Ann Arbor, MI: University Microfilms International, 1984: 122.

② Anzaldúa, Gloria. Borderlands/La Frontera: The New Mestiza. 3rd edition [M]. San Francisco, Calif.: Aunt Lute Books, 2007: 48.

③ Anzaldúa, Gloria. Borderlands/La Frontera: The New Mestiza. 3rd edition [M]. San Francisco, Calif.: Aunt Lute Books, 2007: 56.

④ Anzaldúa, Gloria. Borderlands/La Frontera: The New Mestiza. 3rd edition [M]. San Francisco, Calif.: Aunt Lute Books, 2007: 30.

⑤ Anzaldúa, Gloria. Borderlands/La Frontera: The New Mestiza. 3rd edition [M]. San Francisco, Calif.: Aunt Lute Books, 2007: 52.

样大的眼镜蛇，她的头骨向我袭来，我一眨眼，她就不见了。我意识到，她就在我的灵魂深处，在我的头脑中，是人类本能意识的象征。"[1]

瓜达卢佩不仅与土著阿兹特克宗教和文明密切相关，也是"新女性混血文化"的形象代表。瓜达卢佩象征着未完全同化，在矛盾和冲突的文化中存活的生存状态。她是传统印第安文化和西方文化的结合，是男性文化和女性文化的结合。瓜达卢佩作为文化的象征是多种文化的集合，代表流动和异质的身份。

> "瓜达卢佩将不同种族、不同宗教、不同语言的人联合起来：奇卡诺人中的新教徒、美国的印第安人、白人。她穿梭于西班牙文化和印第安文化之间（如果有黑人的血统，还要穿梭于黑人文化之间），穿梭于奇卡诺人和白人世界之间，穿梭于凡人和圣人之间，穿梭于现实和精神现实之间。瓜达卢佩圣母本身就是有着印第安血统，跨越不同文化的混血民族族裔身份的象征，是对民族含混性和不明确性容忍的象征。"[2]

在后来的墨西哥斗争中，墨西哥人将瓜达卢佩奉为追求自由的象征，神圣不可侵犯。在二十世纪六十年代的奇卡诺运动中，她唤起了奇卡诺人强烈的民族主义精神，吸引了众多墨西哥裔美国人参与到运动中来，使这场运动蒙上了一抹传奇的色彩。

（二）马林奇——混血民族的创造者

女性谱系的重建和瓜达卢佩含义的复杂化对奇卡诺运动后期奇卡纳作家的政治实践是很重要的。但瓜达卢佩并不是唯一一个代表墨西哥女性主体性的人物。马林奇就是另外一个。如果说瓜达卢佩是墨西哥传统中正面积极的女性

---

[1] Anzaldúa, Gloria. Borderlands/La Frontera: The New Mestiza. 3rd edition [M]. San Francisco, Calif.: Aunt Lute Books, 2007: 57.

[2] Anzaldúa, Gloria. Borderlands/La Frontera: The New Mestiza. 3rd edition [M]. San Francisco, Calif.: Aunt Lute Books, 2007: 47-53.

形象，那么马林奇则是反叛女性的代表。①历史上，马林奇不仅是一个历史人物，也是具有神话传奇色彩的女性。

马林奇出生在纳瓦特尔族部落（墨西哥中部的一支印第安民族的成员），一直说纳瓦特尔语（Nahuatl），后来，她还学会了玛雅语。她年轻美丽，当西班牙人入侵墨西哥城时，她被献给西班牙殖民者赫尔南·科特斯作为礼物。她的语言才能为西班牙殖民者和墨西哥之间的沟通起了重要的作用。马林奇除了充当翻译者的角色，最终还成了科特斯的情妇，并生育一名男婴。从此，具有土著印第安人和西班牙血统混合血统的种族和民族（mestizo nation）诞生了。因此，虽然马林奇这个人物颇具争议，人们对她是出于自愿帮助西班牙殖民者还是出于被迫无奈而争论不休，但毋庸置疑的却是她作为奇卡诺人母亲的身份。后来，孩子出生后，科特斯在远征洪都拉斯的过程中，抛弃了母子，将马林奇送给他的一个将军作妻子。

还有很多史料表明，马林奇出色的语言技能推动了西班牙统治者征服墨西哥城的进程，加速了阿兹特克帝国的瓦解。虽然马林奇有可能是无辜的受害者，被西班牙统治者蹂躏和奸污，是"被动、无助"的典型②，但根据墨西哥传统，许多男性批评家依然认为，马林奇出卖了她的国家和人民，背叛了她的民族，是被众人唾弃的人和代名词。那些同美国白人男性通婚的墨裔女性，离家出走、接受高等教育的奇卡纳，或是坚持女权主义、有同性恋倾向的妇女都常被讥讽为马林奇。于是，对这样的女性，男人们常用暴力的手段，包络性暴力来对待她们，以显示他们的强大和不可侵犯③。这也是为什么在很多奇卡纳的作品中会出现大量的性暴力和家庭暴力情节的原因。

但也有人对马林奇有着完全不同的诠释，如诺玛·阿拉尔孔（Norma Alarcón）就认为马林奇是个强有力的女性人物。很多奇卡纳作家，包括安扎杜尔和切瑞·莫拉加也认为马林奇是个正面的女性人物，这位出生尊贵的阿

---

① Mclintock, A., Mufti, A. and Shohat, E. eds. Dangerous Liasons: Gender, Nation and Postcolonial Perspectives [C]. Minneapolis, Minn.: University of Minnesota Press, 1997: 278.

② Paz, Octavio.the Sons of La Malinche [C]. trans.Lysander Kemp, rpt.in Goddess of the Americas: Writings on the Virgin of Guadalupe, ed. Ana Castillo, New York: Riverhead Books, 1996: 201.

③ Castillo, Debra. Border Theory and the Canon [C]. in Post-colonial Literatures: Expanding the Canon, ed. Deborah L. Madsen, London: Pluto Press, 1999: 193.

兹特克女性，凭借非凡的外交能力和语言能力，以自己的方式拯救了自己的民族。

但像安扎杜尔这样的奇卡纳女性主义者认为，阿兹特克帝国消亡绝非一个女子的力量所为，它有着深刻的历史和社会根源。它的瓦解就在于男权社会的父权制统治和阶级观念。马林奇是一个新的有活力民族的创造者，是积极正面的女性人物。诺玛·阿拉尔孔（Norma Alarcón）也认同这样的观点。马林奇和赫尔南·科特斯生育的男婴就意味着一个充满活力的混合血统的种族和民族（mestizo nation）的诞生。安扎杜尔在《边土》中提出的"新女性混血意识"就是建立在这个新的混血民族基础上的①。

因此，马林奇反而却成为正面的女性人物，成为独立反叛的女性代表。她敢于超越传统束缚，拒绝情人和仆人的平淡角色，不仅充当双方的翻译，还运用她的智慧，成为两个冲突世界的调节者，创造了一个新的民族，成为西班牙人和印第安人的和平使者。时隔多年，文学批评的理论家托铎洛夫（Tzvetan Todorov）仍然认同阿德莱德·戴尔·卡斯特罗（Adelaida del Castillo）的这个观点。②

（三）劳安——重觅新生的女勇士

劳安是墨西哥传统文化中另外一个重要神话人物。在奇卡诺人的文学创作中，她常常是反面人物，是毁灭性的母亲形象。劳安与自己身份悬殊的贵族相爱，生儿育女。但阶级的差异造成了他们的爱情悲剧。遭受抛弃后，劳安溺死了自己的孩子，但也因此永远遭受到上帝的诅咒，一直在河边徘徊，为她失去的孩子悲伤和哭泣。有学者还认为马林奇和劳安是同一位女性，她们的故事也常常融合在一起，有一定的继承性，成为一个整体。马林奇遭受抛弃后，疯狂的弑婴行为才会发生。但无论如何，她都被认定为具有高度融合性的女性人物。她不仅融合了印第安文化和西班牙、欧洲的民间神话③，还融合了人性中

---

① McBride-Limaye, Ann. Metamorphoses of La Malinche and Mexican Cultural Identity [J]. Comparative Civilizations Review, 1988 (19)：1.

② Todorov, Tzvetan .The Conquest of America: The Question of the Other, trans. Richard Howard. 2nd. edition [M]. Narman: University of Oklahoma Press, 1999: 100.

③ Rebolledo, T.D. Women Singing in the Snow: A Cultural Analysis of Chicana Literature [M]. Tucson, Ariz: University of Arizona Press, 1995: 63.

的正反面。一方面，她是母亲，是生命的创造者，另一方面，她亲手杀死了自己的孩子，成为生命摧残者。因此，劳安常指代那些为了事业和欲望而以孩子为代价的母亲们，是具有高度矛盾性的人物形象。她也因其矛盾性和复杂性，成了奇卡纳境遇的典型代表，"劳安包含了奇卡纳境遇的种种矛盾"①。

在《边土》中，安扎杜尔也提到，"有人认为劳安是蛇神——大地女神奇华卡特尔（Cihuacoatl）的化身，她身着白裙，带着红黑相间的饰品，头上束有两个小髻（这在阿兹特克民族里是小刀的象征）"②。同劳安一样，奇华卡特尔（Cihuacoatl）也会歇斯底里地在夜晚哭喊，预示着不幸的来临。无论是奇华卡特尔还是劳安，即使她们的传说只是为了教化女人不要四处游逛而杜撰的故事，但不可否认，哭泣已经不再是软弱的印第安女性反抗的唯一形式。

关于劳安的传说有着多重深刻的含义，评论家利蒙（Limon）认为，劳安疯狂的弑婴行为是"社会统治者造成的暂时的精神错乱"③。而一些男权主义者认为，劳安意味着在西班牙的统治下新墨西哥城（Tenochtitlan）的丧失，或是在美帝国主义的统治下阿兹特兰的丧失。但在艾莉西·加斯帕尔·德·阿尔瓦（Alicia Gaspar de Alba）的一首诗中，却道出了奇卡纳另外一种截然不同的观点。"沿着河岸哭泣的女人不必忧伤，她正在寻找复仇的机会。几个世纪以来，她一直因为杀害自己的孩子，离开自己的民族而受尽屈辱，好像如果没有她我们的墨西哥城就不会沦陷一样……"④这里的劳安不再是可悲、被动的女性形象，而是成为主动的个体，她之所以溺死自己的孩子，是因为她不想让西班牙的殖民者将孩子带走，是一种报复行为，也是一种政治手段，她以勇士般

---

① Madsen, Deborah L.Understanding Contemporary Chicana Literature [M]. South Carolina: University of South Carolina Press, 2000: 35.

② Anzaldúa, Gloria. Borderlands/La Frontera: The New Mestiza. 3rd edition [M]. San Francisco, Calif.: Aunt Lute Books, 2007: 57.

③ Saldívar, José David.Border Matters: Remapping American Cultural Studies [M]. Berkeley: U of California P, 1997: 106.

④ Gaspar de Alba et al.Malinchista, A Myth Revisited [C]. in A .Gaspar de Alba, D.Martinez, M.Herrera-Sobek (eds) Three Times a Woman, Tempe, Ariza Bilingual Press, 1989: 16-17.

的果敢摧毁了父权制的家庭基础①。而这位母亲继而又回到河边寻找死去的孩子，也同样具有明显的象征意义。根据弗洛伊德心理学的观点，河中的水象征着生命的新生，因此，劳安是个极其复杂的矛盾体，"她象征着核心家庭的毁灭，也象征着希望的重生，来弥补她弑子的罪过"②。

在奇卡诺和奇卡纳作品中，劳安的影子也反复出现，通常扮演着巫师（la bruja-the witch）和医师（curandera-healer）的角色。如安娜·卡斯特罗的《寻梦者大屠杀》（*Massacre of the Dreamers*，1994）中的巫师和《如此远离上帝》（*So Far from the God*）中的索菲都被认为是劳安的化身。

在桑德拉·西斯内罗斯的短篇小说《女喊溪的故事》中，女喊溪的潺潺流水声如同劳安的低泣，不停地日夜呼唤，声音由小及大，意在摧毁父权社会的家庭基础，成为自由和解放之歌。

在赫勒拿·玛丽亚·弗拉蒙斯（Helena Maria Viramontes）的短篇小说《卡里布咖啡馆》（*The Cariboo Café*，1995）中，劳安也有相似的含义。它描述的是20世纪80年代，中南美的一些妇女和儿童试图非法穿越美墨边境的故事，当一个无名女子在寻找它失散的儿子时，劳安的声音在她耳边响起："黑暗像毒蛇的唇舌一样，吞噬着我们。这时劳安来到我们身边，于是妇女们走出悲伤的阴影，重新开始寻找。"③

综上所述，瓜达卢佩、马林奇和劳安是最具文化内涵和引用频率最高的女性神话人物形象，她们对奇卡诺/纳文学创作和文学批评产生着深远的影响。安扎杜尔说，这三个人物的真正身份已经被男权文化彻底颠覆了，"瓜达卢佩让我们变得温顺、容忍，马林奇使我们对印第安血统感到耻辱，而劳安使

① Limón, Jose E. La Llorona, the Third Legend of Greater Mexico: Cultural Symbols, Women, and Political Unconscious [C]. Paper presented in the Renato Rosaldo Lecture Series. Tuscon: University of Arizona, 1985: 20.

② Limón, Jose E. La Llorona, the Third Legend of Greater Mexico: Cultural Symbols, Women, and Political Unconscious [C]. Paper presented in the Renato Rosaldo Lecture Series. Tuscon: University of Arizona, 1985: 20.

③ Viramontes, María Helena.The Cariboo Cafe [M]. New York: Penguin, 1985: 72-73.

我们成为受苦受难的民族"①。这就是男权文化建构背后的政治动机。但经历了奇卡诺运动和奇卡纳文艺复兴之后，这些具有深厚文化背景的女性形象已经在奇卡纳女性话语中被重新定义和使用，是对男权社会文化的巨大挑战。正如切瑞·莫拉加所说，"作为奇卡纳和一位女性主义者，我必须要深刻了解这些神话在我们的种族身份和性别身份上产生的影响"②，唯此，才能深刻懂得奇卡诺/纳文学的内涵。

虽然有人评论安扎杜尔的文本只是要恢复已经失去的传统或是创造一些与奇卡纳文化不相关的神话，但不可否认，安扎杜尔笔下的女性神话形象已经成为一种政治话语，对阿兹特兰的男权文化进行了有效的重构，恢复了民族的历史记忆，重新确立了女性在历史上的地位，这不仅是安扎杜尔创建的"新女性混血意识"理论目的之一，也是其女性主义理论的基础。

安扎杜尔将重塑的历史神话建构在美洲的历史之上，并追溯到前殖民时代（preconquest history）③的历史和传统，追溯到美洲的土著文化。这本身就具有跨国民族主义的性质。1521年，西班牙统治者入侵，殖民者摧毁了当地的庙宇和供奉神殿，试图抹杀这个民族古老文明的记忆。之后的几百年间，殖民者严禁墨西哥及其边境人们提及或祭拜本土的诸神。而现在，安扎杜尔试图打开尘封已久记忆，通过对本族历史和文化的挖掘，恢复妇女和女性神话形象在历史中的地位，赋予沉默已久的女性对抗男权统治的无穷力量。

因此，可以说，安扎杜尔不仅担当着女性主义者的角色，也是一位女性主义历史学家，她正在用自己的历史知识和独特视角重新诠释历史。

---

① Anzaldúa, Gloria. Borderlands/La Frontera: The New Mestiza. 3rd edition [M].San Francisco, Calif.: Aunt Lute Books, 2007: 31.

② Moraga, Cherrie.Loving in the War Years [M].Boston: South End Press, 1983: 100.

③ 指代1524年之前，拉丁美洲尚未被西班牙和葡萄牙殖民者征服之前的历史。

第三章 鲁道夫·安纳亚——世界公民：
本土与世界的对话

鲁道夫·安纳亚（Rudolfo Anaya）是当代奇卡诺作家中最重要的一位，1972年，他凭借具有开创性意义的第一部小说《保佑我，奥蒂莫》（*Bless me, Ultima*），一举成名，他的这部著作也成为奇卡诺文学作品中迄今为止最畅销的书籍之一。继而，他又发表了八部小说、一部短篇小说集、一部旅行日志，还有戏剧、史诗诗歌等作品。多年来，他的作品一直在拉美裔群体中备受称赞，被称为是奇卡诺文学中的"教父和领袖人物"。

鲁道夫·安纳亚，出生于1937年，从小在新墨西哥[①]长大，他的父亲是一个放牧人。1952年，安纳亚八岁的时候，他的全家从新墨西哥的农村搬到阿尔伯克基（Albuquerque），那里是美国新墨西哥州中部的大城市。1963年，他在新墨西哥大学获得了英国文学和美国文学的学士学位，接着又获得了两个硕士学位。从那年开始，他开始写作《保佑我，奥蒂莫》（*Bless me, Ultima*），于1972年在五个太阳出版社（Quinto Sol）出版。虽然一开始这部作品的发表阻力重重，一方面是由于作品的内容与主题，另一方面也是因为文中大胆地运用了英语与西班牙语两种语言，但无疑这本书奠定了他在奇卡诺文学领域的重要地位，他也因此被邀请到新墨西哥大学任教，直至1993年退休。

这部小说是奇卡诺文学作品中最经典，也是最广为流传的一本著作，曾获得非常著名的第五太阳奖（Premio Quinto Sol），时隔几十年，仍然在2008年被民间评选为美国最经典的12部小说之一。这是一部半自传体的小说，讲述了二战期间在新墨西哥乡村发生在一个名叫安东尼奥的男孩和他的人生导师

[①] 1912年，新墨西哥成为美国的第47个州，墨西哥的首都叫作墨西哥城（Mexico city）。

（同时也是治疗师和保护者）奥蒂莫（Ultima）之间的故事。2013年，小说同名电影发售。

这本书有许多独特之处，西班牙语的使用，新墨西哥景色的神秘性描述，对墨西哥神话人物和文化人物的描写，对治疗医师涉及的民间习俗，包括草药收集和使用的叙述，都让读者时刻感受到土著文化的色彩。这些都与主流文学不同，有着浓厚的民族特色。

第一节　世界主义、民族主义和跨国民族主义

安纳亚周游世界各地，甚至在1984年来到中国，写了一部游记《奇卡诺在中国》（*A Chicano in China*），于1986年发表。他还在1980年和1988年两次访问西班牙，这两次旅行的经历让他对"旧世界"和"新世界"的关系有了重新的思考。在他的《新世界的人》的论文中，他这样说，"我可以行走在世界的每一个角落，感受我是一个世界公民，但只有新墨西哥让我最有归属感；是美洲土著民族祖先的灵魂一直保守着这样的秘密"[1]。

这样的话语和陈述将世界主义的立场与地方的或是本土的文化，包括前哥伦比亚时代的文化传统连接起来。一方面，我们可以感受到这个自由游走于世界各地的旅行者的随性与自在，但另一方面，读者也可以深刻感觉到安纳亚对新墨西哥州强烈的情感寄托和归属感。他一生的大部分时间也都是在这里度过的。

虽然安纳亚的足迹遍及欧洲、亚洲和美洲，但新墨西哥是任何地方都不可替代的故乡。那里不仅是他熟悉的家乡，也是他生命的中心，有着来自内心和灵魂深处特殊的亲密感。可以说，在安纳亚的作品中，本土化与全球化相互交织的跨国主义视角随处可见，本土化和全球化既不是对立的两极，也不是相互排斥的选项，正如汤姆·鲁茨（Tom Lutz）在有关美国地域主义的研究中所声称的，在地方与全球之间存在第三个空间。

---

[1]　Anaya, Rudolfo A. "The New World Man." In The Anaya Reader [M]. New York: Grand Central, 1995: 364.

在过去的150年里，美国的文学与文化似乎始终有一种民族主义精神，不管是舍伍德·安德森（Sherwood Anderson），薇拉·凯瑟（Willa Cather），哈姆林·加兰（Hamlin Garland），还是艾伦·格拉斯哥（Ellen Glasgow），他们的作品都有这样的民族主义精神。但鲁茨认为文学中也应当有世界主义的情怀。世界主义精神就是一种包容精神，是最开阔的从属关系，同时也是独特的审美能力。它拥抱全世界，也具有双重性，是平等主义和精英主义的结合。这样的精神使内战以来的美国文学充满活力[①]。可以说，世界主义如果否认地方和本土的相互关照，是无法达到它的美学和政治目的的。而现在的美国文学也正在迎接世界主义的回归。根据鲁茨的观点，世界主义并不是新的理念，自从19世纪以来，就一直是小说家和批评家追求的价值观念。世界主义以它的包容性、视角的多样性，在本土和世界间来往穿梭的灵活性，一直引领着美国文学的方向[②]。

安纳亚的作品大多深深植根于本土文化，而且与新墨西哥的地理空间相关。虽然一直关注与地方相关的话题，但他同时也试图将之与具有更广泛含义的跨国主义和全球化相联系。

安纳亚从小生活在以西班牙语为母语的环境中，在他的童年时代，似乎整个世界都在讲西班牙语。他与外界接触的媒介仅限于镇上的图书馆。不知早年的这段经历对他成年后发展的相对世界观是否发生过影响。"尤其现在，我们生活在一个互相依赖的时代，国家中存在不同的群体，而在国际领域又存在和需要不同国家的参与，人类已经转向一个异常脆弱，但又令人激动的相互依存状态。这个世界正处于流动状态，我们最简单的举动也会在遥远的地方发出共鸣。"[③]这种民族间相互依存的状态让人激动万分，因为它似乎有助于人们打开新的思路，建立新的连接。

因此，安纳亚在他的文本中试图以"一种高级的文化姿态，包容文化间

① Lutz, Tom. Cosmopolitan Vistas: American Regionalism and Literary Value [M]. Ithaca, NY: Cornell University Press, 2004: 36.

② Lutz, Tom. Cosmopolitan Vistas: American Regionalism and Literary Value [M]. Ithaca, NY: Cornell University Press, 2004: 36.

③ Anaya, Rudolfo A The Light Green Perspective: An Essay Concerning Multi-Cultural American Literature [J]. MELUS 11, no. 1 (1984): 27-32.

的差异，……站在更高的视角，更全面地看待文学的综合概述……"①。不管文化差异是建立在不同种族、不同区域、不同历史背景还是不同阶级基础上，它都是相对的。这将是个问答题，而不是选择题。也就是说，我们可以关注文化的差异在哪里，而我们不必在两种文化或是多种文化间任选其一。

世界主义也是超越民族主义的世界观，主张全球化时代文化的流动性，文化间的杂合，等等。世界主义更加开放，更加包容，更加容纳文化的多元，世界主义者也更加欢迎和包容文化的复杂性。它珍视文化间的相对性，拒绝文化的狭隘视角。世界主义是一种自信态度，意味着世界各国和民族有着文化连接和互动的渴望和需求，进一步说，世界主义也可以视为一种文化实践。

安纳亚的作品中也有着这样的跨国跨民族的文化尝试，这样的跨文化探索在世界上也具有普遍意义，因为它涉及的话题具有普遍性和代表性，并不局限于某个地区、某个国家和某个种族。因此这样的视角受到广泛的欢迎，这种认可是跨国界的，安纳亚的作品被翻译成多国文字就足以证明这一点。安纳亚的读者来自多个文化背景，来自日本的、法国的、德国的、波兰的，等等。虽然来自不同的文化背景，但他们关注的话题却如此相似，都与身份认同的冲突和文化适应相关。

在对安纳亚的一次采访中，易实玛利·里德（Ishmael Reed）这样说："你谈论了许多有关国家身份认同和神话学的话题，以《保佑我，奥蒂莫》为例，孩子们从来没有接触过许多拉美裔或是奇卡诺人群，……但是他们喜欢看这本书，他们认为这是最棒的一本书，它存在普遍性，我并不愿意这样说，但它的确跨越了阶级和文化的界限。"②

实际上，安纳亚的作品很多都是在讲述新墨西哥与世界文化的对话，这就是我们所说的跨国主义视角。对话的层面涉及文化的变化，历史传统和信念的流失，等等。可以想象，在现代社会，奇卡诺人的传统总会受到现代化和城市化等因素的影响，并存在慢慢消退的风险。因此在他的作品中，人们常常会

---

① Lutz, Tom. Cosmopolitan Vistas: American Regionalism and Literary Value [M]. Ithaca, NY: Cornell University Press, 2004: 36.

② Dick, Bruce, Silvio Sirias. Conversations with Rudolfo Anaya [M]. Jackson: University of Mississippi Press, 1998: 8.

读到历史的痕迹和记忆，安纳亚是在时刻提醒人们，不要忘记历史和传统。但他的历史重现又不仅仅是原版的再现，同时也伴随着历史的改写和重构，在新的时代和跨国背景下，这样的改写和重构也更具有现实意义。

安纳亚认为，缔造神话传统的流失是现代人的失败①。尼采也认为，"神话是衡量社会是否健康的标准……神话的价值在于将一群人聚集起来，在神话中，这种文化有获取力量的基础，去克服学科知识的局限性"②。因此，在他的十几部作品中，安纳亚一直通过讲故事的方式重新创造神话，告诉人们自然世界是如何产生的。对他而言，对宇宙的感知，对自然起源的探索都是现代人必须发展和培养的责任感。这也是为什么安纳亚在后期的文学创作中，会将关注的中心放在儿童文学上，因为他认为，在儿童文学中创造神话，将创造神话植根于儿童心中，才是对未来一代来说最受益的方式。

第二节　"新世界"的视角：跨越美洲的魔幻现实主义

作为一名世界公民，鲁道夫·安纳亚自始至终都将新墨西哥作为自己的心灵归属之地。1992年，安纳亚在接受采访的过程中，低头看看脚下，说，"我的根就在新墨西哥"③，这是他反复强调的事实，也以此为骄傲。这位作家出生在新墨西哥的平原之上，被他所在民族讲故事的传统深深吸引，并且意识到这样深厚的文化渊源来自前哥伦比亚时期的土著印第安人世界。安纳亚一辈子生活在新墨西哥，他认为新墨西哥是带有印第安和西班牙文化的"新世界"，它所承载的也是"新世界"的文化。

而《保佑我，奥蒂莫》就是这样一部有关"新世界"人类的作品，

---

① Johnson, David, David Apodaca. "Myth and the Writer: A Conversation with Rudolfo Anaya." In Conversations with Rudolfo Anaya, edited by Bruce Dick and Silvio Sirias, [M] Jackson: University Press of Mississippi. 1998: 29-48.

② Mangion, Claude. "Nietzsche's Philosophy of Myth." Academia.edu. Accessed January 29. http://www.academia.edu/197368/Nietzsches_Philosophy_of_Myth. 2015: 2.

③ Feroza Jussawalla, Reed Way Dasenbrock. Interviews with Writers of the Post-Colonial World [M]. Jackson: University Press of Mississippi, 1992: 247.

"处于新世界的人拥有土著人的历史和精神思想、有着神话与各种关系的视角，……，并且，他能够同时吸收西班牙传统和土著印第安的传统，成为一个新的人，成为有着独特视角的混血人"①。安纳亚希望他的民族和人民能够在这个新世界找到生活的意义和认同感。而安纳亚给自己的定位也是"来自新世界的人（New World person）"②，他的文学实验就是建立在新的双文化体验基础上，是具有后殖民文化复杂性和多样化的文化渊源。

他的文学作品总是带有"双重视角，……在这样的视角中，身份认同总是由差异组成"③，这是一种文化的杂交，正如霍米巴巴指出，为了协调各种文化传统间的差异，后殖民文化因此产生④。跨文化主义用空间的多元性替代了时间上的直线性，而空间的多元性就可以理解为我们所说的跨国主义思想。

安东尼奥（Antonio）是小说的主人公，这是关于安东尼奥这个男孩成长的故事，也是关于信念与疑惑、善与恶的故事。奥蒂莫（Ultima），作为一个助产士，当年正是她帮助安东尼奥的母亲接生，后来，又成为安东尼奥的人生导师，帮助他认识生命的本质。

在安东尼奥七岁的时候，奥蒂莫作为一名传统医师再次来到他身边，她用她的方法帮助镇上的居民医治疾病。在世人眼里，奥蒂莫这位传统治疗师充满神秘感，却又让人恐惧。一方面，她知道如何运用草药，了解古人的治疗方法，用传统的自然疗法治愈了许多人的病症；但另一方面，也因为她治疗方式的不同，有人认为她是巫师，她用的都是巫术。镇上的人信奉天主教，天主教徒信奉圣母玛利亚，教会教义和土著自然的方法在小说中总会出现冲突。奥蒂莫从来不想与圣母玛利亚发生冲突，但当牧师束手无策时，镇上的人却也相信传统医师的神奇力量。安东尼奥处于墨西哥天主教传统与自然界带来的奇迹之

① Feroza Jussawella, Reed Way Dasenbrock. Interviews with Writers of the Post-Colonial World [M]. Jackson: University Press of Mississippi, 1992: 274.

② Feroza Jussawella, Reed Way Dasenbrock. Interviews with Writers of the Post-Colonial World [M]. Jackson: University Press of Mississippi, 1992: 247.

③ Bill Ashcroft, Gareth Griffiths, Helen Tiffin. The Empire Writes Back Theory and Practice in Post-Colonial Literatures [M]. London : Routledge, 1989: 26.

④ Bhabha, Homi K. "DissemiNation: Time, Narrative, and the Margins of the Modern Nation," in Bhabha (ed.), Nation and Narration [M]. London: Routledge, 1990: 291.

间，在两者的冲突和调和过程中逐渐成长，成长为一个有独立思考能力的人。

在安东尼奥的童年，他经常与他的母亲一起待在家里，安东尼奥的母亲玛利亚（María Luna Márez）是一名虔诚的天主教徒，让自己的儿子成为令人尊敬的牧师是她的心愿，而父亲加布里埃尔（Gabriel Márez）却想让安东尼奥继续过自由自在的牧人生活。

小时候，安东尼奥帮助妈妈照顾花园，喂兔子，给奶牛挤奶。他似乎并没有继承父亲作为放牧人热爱自由的性格，他甚至害怕大草原的无边无际，这让他备感孤单。而妈妈并不喜欢大草原的生活，她是农民的儿子，她甚至不能理解为什么像丈夫那样的牧人会对马背上的生活如此热爱。

安东尼奥出生后，母亲就劝说父亲离开草原，来到乡村生活。但对父亲而言，生活环境的改变似乎让他失去了生活的激情和灵魂。瓜达卢佩小镇就是妈妈要居住的地方，他们全家迁移到这里。这个以瓜达卢佩圣母命名的小镇，不仅代表美丽，也代表母性的光辉、爱与和平。这里有每周都可以参加的教会，也有妈妈想要的平稳生活。

虽然安东尼奥的父母本身已经是混血民族的后裔，但在他们的血液里似乎仍然保留着各自的倾向。母亲倾向欧洲西班牙的传统，而父亲却热爱土著民族的自由奔放，他与大草原的亲密感让他与土著文化紧密相连。他们对生活的复杂性和多元性都缺少包容性和协调性。而安东尼奥，作为他们的孩子，实际也代表着新一代的混血人，改何去何从？我们要强调的不仅是生物学上的混血，更是文化和社会的混血。

墨西哥的文化认同（后面称之为新的墨西哥的文化认同）从前哥伦比亚时期开始，经历了18世纪和19世纪的殖民主义，到当代的后殖民主义对西方文化模式主导作用的认可，很容易忽视土著文明的溯源，反之亦然。这样的结果就可能使父亲和母亲都成为殖民化的受害者。

最开始，安东尼奥的是非善恶的标准都受到妈妈的影响。虽然鲁皮托的死和奥蒂莫是治愈者还是巫师的思考让他对上帝的力量产生了疑问，但他从来没有挑战过上帝的指令。关于金鲤鱼的传说，关于善与恶的冲突，都在另一个层面进行描述。

但主人公对身份认同的追寻是多层面的，当他跨越河上的小桥远离妈妈的庇护时，这意味着生命中的重要转折，也是追寻身份认同的必经之路。他正试图将自己从母亲代表的殖民宗教中解放出来。

到了上学的年纪，安东尼奥进入了一个只有单一语言系统的美国学校，他既不懂英语，也不会说英语，他完全感觉自己是个局外人。他在另外一种文化传统中长大，这样的经历让他的学校时光变得无比痛苦。虽然他知道，母亲和父亲对他未来的期望有所不同，但是，"我知道，我必须长大，成为一个男人"。

奥蒂莫与特诺里奥（Tenorio）的对抗是安东尼奥生命中的重要转折点。特诺里奥是小说中的反面人物，是个恶棍，他将两个小女儿的死怪罪在奥蒂莫身上，并发誓要报复，将其杀死。当传统宗教和天主教的仪式都无法挽救人的性命时，在最后关头是奥蒂莫治好了叔叔的病，这并不是因为奥蒂莫有多么强大，而只是因为"善总比恶更强大"[1]。

但教会并不能容忍奥蒂莫的做法，特诺里奥利用她被称作江湖医生，又被称作巫师这样有争议的形象，污蔑她与两个女儿的死有关。他想杀了奥蒂莫，但并未能如愿，还被她的鹰啄伤了一只眼。这有它的寓意，也只有安东尼奥注意到并确定，这足以证明奥蒂莫的力量是善良的。奥蒂莫一直象征着"善"，她相信所谓的"恶"一定会离去，终有一天，世界不再需要她神奇的力量，因为世界和大自然的平衡已经恢复。

那斯索（Narciso）是家中的一位朋友，当他善意地要提醒奥蒂莫，特诺里奥要再次蓄意杀害她时，却无辜地被特诺里奥杀害了。对于这次谋杀，安东尼奥深受震撼，那斯索的死被定义为酗酒致死，而特诺里奥却可以逍遥法外。于是叙述者再次质疑："为什么一个好人要善意地帮助他人，却丢了性命，而一个邪恶的杀人犯，却可以逍遥法外，不被惩罚？这太不公平了，我向上帝发问，并思考良久，为什么这样的事会发生？"[2]

有无数的问题在安东尼奥的头脑中盘旋。为什么世界会存在罪恶？为什么上帝似乎在惩罚善良？我死后会去哪里？人是否有今生来世？我如何能找到真理的答案？在寻找真理的路上，如果没有找到答案，是否愿意和父亲一样，

[1] Anaya, Rudolfo. Bless me, Ultima [M]. New York: Warner Books, 1994: 98.

[2] Anaya, Rudolfo. Bless me, Ultima [M]. New York: Warner Books, 1994: 186.

相信"有时需要一生去理解"？我是谁？如何定位自我？

这些人类追求的永恒话题，不断地在安东尼奥的心中徘徊。奥蒂莫成了他的人生导师，每次她的出现，都在引导安东尼奥从天主教向土著文化世界观转换，人的经历也默默地从时间转换为空间。"当她来的时候，大草原的美便展现在我面前，小河汩汩的流水声伴随着地球转动的节奏，童年那个有魔力的年代似乎已经静止，地球的心跳将它的神秘注入我的血液。"[①]在奥蒂莫的陪伴下，这个小男孩重新建立了与大自然的关系。

与奥蒂莫在一起的时间越久，他们的连接就愈加紧密，目睹的几个悲剧动摇了安东尼奥对历史与未来的认知。安东尼奥开始重新思考生命、死亡与罪恶，重新思考那些已经习以为常的现实。"我喜欢和奥蒂莫在一起，我们一起行走在大草原上，沿着河堤岸采集草药……她教会我倾听地球的奥秘，感受时间的满足。我的灵魂在她的指引下成长起来。"[②]

在奥蒂莫的引导下，安东尼奥走出了母亲的世界，感受着大自然赋予他的自由，欣赏着大自然的美。他开始接触外面的成年人世界，热衷于探索人类世界的复杂性。但外面的世界并不全是美好，他目睹了鲁皮托（Lupito）的死，一个在战争中受伤的人，因为杀死了警察，被村民击毙了。他不仅担心鲁皮托的灵魂是否获得救赎，也从此开始思考罪与罚的问题。

也是在同一天晚上，安东尼奥听到了奥蒂莫猫头鹰的叫声，这让他心怀恐惧。但在土著文化中，这是一种歌唱，奥蒂莫的猫头鹰是一个保护者的形象，如同基督教神话传说中的鸽子，也如同阿兹特克神话传说中的鹰。而后，叙述者被噩梦惊醒，似乎听到了劳拉的喊声，安东尼奥往返于现实和梦境之间，不断地与"恶"的力量作斗争。根据荣格的思想，人格的发展就是这样通过有意识和无意识的经历发展起来的。有意识和无意识的双重视角，梦境和现实之间，正是主人公在成长之路上寻找真理的途径。

接下来是关于安东尼奥听到的金鲤鱼传说（Legend of golden carp）。放学后，塞缪尔（Samuel）将安东尼奥带到河边钓鱼，塞缪尔告诉安东尼奥，在河里有一个异教的神，它统治着河里的所有鲤鱼。这个神是金色的，没有任何

---

① Anaya, Rudolfo. Bless me, Ultima[M]. New York: Warner Books, 1994: 1.

② Anaya, Rudolfo. Bless me, Ultima[M]. New York: Warner Books, 1994: 16.

其他鲤鱼可以打败它，所有的鲤鱼都曾经是人类，异教的神惩罚他们，将他们变成鲤鱼，而任何钓到鲤鱼的人都不会有好运气，因为它们是神的创造。

"自从我们来到池塘边，一直低声说话，我不知道为什么，这是为数不多的几个地方，我们必须低声说话，就像在教会一样。"①当安东尼奥看到鲤鱼的时候，一种敬畏之感油然而生，"如果有机会看到圣母或是上帝，我也不可能更着迷"②。或许在这个世界上，除了上帝之外，真的还有其他的神灵？不知道上帝与这样的神灵能否共存，如果不能，或许上帝会让"牧师杀掉那条鲤鱼"？

因此，关于善恶的问题，或许不同的信仰会有不同的答案。如果安东尼奥想成为一名牧师，他或许必须学会"在教堂中的上帝或是在当时当下自然的美之间做出选择"③。这些都是在成长路上，在追求身份认同过程中遇到的问题。"我看到了自然之美，但这种美让我感到沉甸甸的责任。"④来自父亲和母亲的呼唤和期望，是一种文化矛盾。

正当安东尼奥困惑之际，他再次遇到了奥蒂莫，在他的梦境中，他被指引告知，奥蒂莫是唯一可以告诉他答案的人。奥蒂莫见证了他的出生，了解他所处的家庭环境，知晓父母对他的期望，经历了安东尼奥人生中的重要时刻……在她的认知里，既有土著文化的元素，又有欧洲文化的元素，她试图将魔幻的元素融入现实中去。金鲤鱼作为魔幻现实主义中的象征之一，与教会的弥撒一样让人备感神圣。

主人公在梦境和现实的不断转换中，对自我有了新的认知，他知道如果他想成长为一个男人就必须要承担责任，他必须从单一的思维模式中解脱出来，是在父亲或者母亲的期望中选择其一，还是有一个中间空间？于是，从无意识经历转变为有意识的行为过程中，在这样复杂的外在世界里，奥蒂莫成为安东尼奥成长道路上最适合的导师。

奥蒂莫对世界和生活抱有魔幻现实主义的观点，她并没有告诉安东尼奥

---

① Anaya, Rudolfo. Bless me, Ultima [M]. New York: Warner Books, 1994: 113.

② Anaya, Rudolfo. Bless me, Ultima [M]. New York: Warner Books, 1994: 114.

③ Anaya, Rudolfo. Bless me, Ultima [M]. New York: Warner Books, 1994: 237.

④ Anaya, Rudolfo. Bless me, Ultima [M]. New York: Warner Books, 1994: 119.

到底应该相信什么，虽然她有能力将魔幻现实主义的元素整合到现实主义中去[①]。

奥蒂莫告诉安东尼奥，生活并不是非善即恶的二元系统。虽然她代表女性关爱和治疗的特质，但她的治愈能力远远超过了传统医学的范畴，她对大自然的热爱让她发现了许多自然界的奥秘，她也被赋予一种神奇的力量去治愈疑难病症。她有能力将自然科学家的技术与神秘主义预言家的能力结合在一起，奥蒂莫的能力已经超越了性别和种族的界限。

金鲤鱼的传说挑战了天主教中的善与恶相互对立的概念。而"在土著文化中，善与恶是构成生命相互补充的两种力量，因此它存在于每一个人类身上，也存在于上帝身上，没有绝对的善，也没有绝对的恶"[②]。安东尼奥被奥蒂莫的思想深深吸引。安东尼奥终于明白，在天主教和土著文化之间，也没有简单的非此即彼的选择，这两者是相互补充的信仰，是跨国的，也是跨民族的完美结合。

奥蒂莫的生与死也让安东尼奥懂得，善与恶是相对的概念，他们都是维持宇宙运转的力量。将两种力量相对立只能"制造一种不和谐，而最终摧毁生命"[③]。

在叙述者的梦境中，也有类似的反馈，"两种力量的宇宙之争只能摧毁一切"[④]。周围发生的一切都让安东尼奥从一种绝对的思维模式转向一种相对论，他所看到的"生与死"已经超越了普通意义的生死概念。安东尼奥完全理解了奥蒂莫的思想和价值，他也完成了从童年的稚嫩天真到成年人成熟智慧的蜕变。他已经有能力建构自我身份认同，这也是奥蒂莫乐于看见的模样，是"新世界人类"生命的模样。

安东尼奥将父亲和母亲代表的两种世界观相互比照，在两者的差异中找到合适的支点，形成自己独特的世界观，完成了独特个体的生命蜕变。他对整

[①] Walter, Roland. Magical Realism in contemporary Chicano Fiction (Frankfurt/M.: Vervuert Verlag, 1993) 14.

[②] Elizabeth, Jacobs. U. S. Latino Literatures and Cultures: Transnational Perspectives, by A. Lomelí; Karin Ikas [M] Universitätsverlag Winter, 2002: 211.

[③] Anaya, Rudolfo. Bless me, Ultima [M]. New York: Warner Books, 1994: 260.

[④] Anaya, Rudolfo. Bless me, Ultima [M]. New York: Warner Books, 1994: 120.

个世界有着全新的认知，也有着更明确的自身定位。可以说，这样独特的身份认同属于"新世界人类"的范畴，它有着更具弹性的世界观和生活态度，作者安纳亚正在通过安东尼奥向读者传递一种文化共存状态，这也是跨国民族主义世界观的生动体现。

主人公将他对生命的全新认知融入日常活动中。他不再有噩梦，他已经将那个压抑和束缚真实自我的对立力量解放出来，他建立的全新的身份认同，是属于"新世界"的身份认同。他将历史与现在融合在一起，融入一个新世界的美国人的生活。他重新回到学校，他喜欢上学，并且进步很快。他不再是别人眼中的安东尼（"Anthony"），那个害怕陌生的美国文化，想要逃进说西班牙语父母的羽翼，隐藏自己的男孩。他那么自信，已经将语言视为一种力量，成为解放自我的手段和媒介。英语没有完全替代西班牙语，就像文中的叙述者也在使用两种语言一样，因为"语言是文化的灵魂，如果你丢了你的语言，那就意味着你丧失了灵魂"。①英语和西班牙语已经成为两种同样重要的工具，言说着墨裔美国人的历史身份。这种双语方式正在建构生命的真正意义。

要成为这个新世界的全新人类，安东尼奥的新任务就是"将大草原与河谷，月亮与大海，上帝与金鲤放在一起，创造全新的事物"②，从生命中建构力量。安纳亚运用强有力的意象创造了一种文化历史氛围，它的独特性源自西方的经历与土著元素的融合。这也是现实与虚幻的结合。与奥蒂莫相伴的两年，是安东尼奥重新建构自我的两年。魔幻现实主义让叙述者将日常时间与梦境，或是与神话传说相互交织，将现实与想象、虚幻联系在一起。这也解释了为什么奇卡诺的身份认同只有在魔幻成为真实生命的重要组成部分时才能建构的原因。这种氛围与环境是作家建构新世界之人的平台，也是让读者理解文化多元性的窗口。安纳亚指引着他的读者，正如奥蒂莫指引着安东尼奥探索生命的奥秘。

魔幻现实主义传统也是鲁道夫·安纳亚乐于使用的表现手法，他视之为后殖民写作的一种艺术手法。在魔幻现实主义传统中，有一种视角是基于现实

---

① Shama R.S.. Interview with Rudolfo Anaya Prairie [J]. Schooner 68.4（Winter 1996）: 178.

② Anaya, Rudolfo. Bless me, Ultima [M]. New York: Warner Books, 1994: 247.

生活的理性观点，另一种视角则是基于现实的魔幻观点，这其中包含不可思议的超自然因素。实际上，魔幻现实主义是基于这两种看似矛盾，却又内在联系的两个视角。叙述者正是在寻找一个现实和非现实之间的维度或是支点。

魔幻现实主义是源于拉丁美洲的文学传统，之所以在拉丁美洲形成，与其深厚复杂的民族文化传统密不可分。公元15世纪，在这块幅员辽阔的拉美大陆上，就已经形成了玛雅、阿兹特克和印加三大文化中心，有着源远流长的文化传统，拉丁美洲人民以其勤劳勇敢和聪明智慧创造了辉煌灿烂的古代印第安文化。《百年孤独》作为影响力最大的魔幻现实主义鸿篇巨制，再现了拉丁美洲的历史社会图景。

安纳亚将现实和魔幻结合在一起，借用拉丁美洲魔幻现实主义的表现手法，这本身就具有跨国主义的精神。一方面，他意在追溯历史，因为他们有着一段共同的历史，另一方面，他也试图将新的墨西哥与整个拉丁美洲建立连接，他所描述的墨西哥已经是"新"的墨西哥，是"新世界"的墨西哥，是作为拉丁美洲一部分的墨西哥，有着更广阔的历史背景，有着更开阔的跨国民族主义视野。

安纳亚在作品中融入了神话传说、民间故事、宗教典故等神秘元素，巧妙地糅合了现实与虚幻交织的复杂世界。但不可置疑，这种"魔幻"却不失真实的独特风格，从本质上是要借助魔幻的手段来表现现实。安纳亚就是要运用这样独特的手法将写实与幻想结合起来，展现新墨西哥的变化，呈现"新世界的人"所经历的心路历程。

第四章　桑德拉·西斯内罗斯——跨国社会空间的建构

　　桑德拉·西斯内罗斯（Sandra Cisneros）是美国著名的小说家、诗人和散文家，也是美国墨裔女性作家的代表。1984年，《芒果街上的小屋》（*The house on Mango Street*）出版发行，一举成名，成为当代美国最著名的成长经典，在美国畅销超过500万册。它还被译成了十余种语言，获得了"前哥伦布基金会"颁发的美国图书奖，被权威的《诺顿美国文学选集》收录。鉴于其广泛影响，2004年，西方著名文学评论家哈罗德·布鲁姆亲自为其编写了一本导读，十分详尽，也足见这部作品的分量。

　　桑德拉·西斯内罗斯于1954年出生于美国芝加哥。后来在芝加哥洛约拉大学（Loyola University）读书时，她接受了系统的写作训练，开始认真写作，并成为爱荷华州州立大学"作家研讨会"的成员。可以说，她是位跨越国界的小说家，她曾说，"宇宙就像一块布，所有人在其中相互交织，每一个人与我相连接，而我也与他们相连接。就像长围巾的线，牵一发而动全身"①。

　　芝加哥是她的家乡，拉美裔是芝加哥人数最多的少数族裔，五分之一的人口都是拉美裔。实际上，从写作伊始，她就将这类人群想象为她作品的主要读者，她的小说也多涉及殖民化、移民和跨国民族主义的话题。《芒果街的故事》和《卡拉米洛》（*Caramelo*）是西斯内罗斯的代表作，以下就将这两部作品作为研究对象探讨他们的跨国民族主义的维度。

　　在《芒果街的故事》和《卡拉米洛》这两部小说中，作者将故事的主要背景都设置在芝加哥，一个远离拉丁美洲的美国城市，但却到处充满了拉丁美

---

① Cisneros, Sandra. Caramelo, or Puro Cuerto: A Novel [M]. New York: Vintage, 2003.

洲的色彩，作者的巧妙构思为小说的跨国文化叙述奠定了良好的基础。

第一节　跨国主义的社会空间

　　空间的概念在奇卡诺文学乃至整个拉美裔的文学作品中一直都是重要的话题。拉美裔文学的空间概念常常与美国的西南部地区联系在一起，因为那里的确与墨西哥或拉丁美洲有更近的地缘关系。但对于奇卡诺叙述中涉及的与美国中西部地区空间概念、移民及历史关系的研究，却鲜有人系统地论述。而芝加哥恰恰是美国中西部的重要城市，也是拉美裔群体和墨裔群体最密集的居住区，要探讨奇卡诺叙述中与美国中西部空间概念的连接非芝加哥莫属。

　　芝加哥是西斯内罗斯的出生地，而《芒果街的小屋》和《卡拉米洛》这两部作品也都是以芝加哥为背景发生的故事。从美国中西部大城市芝加哥入手，不仅可以透视墨西哥人在美国芝加哥的跨国生活状态，也具有特殊地理空间意义。这样的空间也被称作"墨西哥人眼中的芝加哥"[①]。不管是芒果街的玛玛西塔公寓，还是《卡拉米洛》中的马斯维尔大街，似乎到处都存在着跨国经历、跨国文化与跨国记忆的影子。

　　在《奇卡诺叙述：差异辩证法》（*Chicano Narrative: The Dialectics of Difference*）这部著作中，拉蒙·萨蒂瓦尔写道，"当代奇卡诺叙述的重要任务就是通过展示构成人类经历基础的辩证结构来改变现实，……奇卡诺叙述的功能就是创造出知识的创造性结构，让读者看见，感受到，并且理解他们的社会现实"[②]。

　　墨西哥人眼中的芝加哥就是辩证的、具有创造性的知识结构。新的空

---

① William Orchard, Yolanda Padilla. Bridges, Borders, and Breaks: History, Narrative, and Nation in Twenty-First-Century Chicana/o Literary Criticism [M]. Pittsburgh: University of Pittsburgh Press, 2016: 103.

② Saldivar, Ramon. Chicano Narrative: The Dialectics of Difference [M]. Madison: U of Wisconsin P, 1990: 7.

间实践和主体性研究也是通过对它的感知生发出来的。根据人类学家尼古拉斯·德·日内瓦斯（Nicholas De Genovas）的阐述，西斯内罗斯笔下的作品在不断展示墨西哥人眼中的芝加哥，是充满历史感和具有跨国视角的。

墨西哥人眼中的芝加哥，并不是简单意义上的二元对立、非此即彼的概念，也不是简单地处于两者之间，而是对以国家、民族为界限的简单空间概念的瓦解。"Mexican Chicago"并不是简单民族国家概念的芝加哥，而是具有跨国移民背景的，来自墨西哥的移民社会历史环境①。《卡拉米洛》中的跨国主义是一个同时、持续不间断地发生在墨西哥和芝加哥的过程。这个跨国空间的建构具有同时性，你中有我，我中有你②。

而根据社会学家的观点，移民"transmigrant"这个词（社会学家尼娜·格里克席勒在其作品中发展的一个词语）是用来形容通过发生和维持多种社会关系来连接原属国和居住国的移民，他们被视为跨国移民③。而"transmigrant"和"immigrant"不同，"immigrant"是指离开母国，经历着艰难同化过程的移民。而"transmigrant"则是经历并参与经济、文化、社会等层面跨国间交流与互动的移民。他们的移民生活受到跨国社会领域内一系列社会文化价值体系的影响。这些移民经历的空间位置"并不是直线的，或是严格按照时间顺序的，而是不断来回往复，随着时间的变化还会改变方向……是一个中间点，并不是完全的合并，而是具有连接的同时性"④。这种连接和交流的同时性正是墨西哥人眼中的芝加哥具有跨国性的重要特征，这种交流和连接并不仅仅是跨越国界的，而是超越国界的。

这样的社会空间并不是简单的国家和民族意义上的两分法，拉蒙·萨蒂

---

① De Genova, Nicholas. Working the Boundaries: Race, Space, and Illegality in Mexican Chicago [M]. Durham: Duke UP, 2005: 100.

② Socolovsky, Maya. Troubling Nationhood in U.S. Latina Literature: Explorations of Place and Belonging [M]. New Brunswick: Rutgers UP, 2013: 87.

③ Basch, Linda G., Nina Glick. Schiller, and Blanc Cristina. Szanton. Nations Unbound: Transnational Projects, Postcolonial Predicaments, and Deterritorialized Nation-states. [S.I.]: Gordon and Breach, 1994.

④ Levitt, Peggy, and Nina Glick Schiller. "Conceptualizing Simultaneity: A Transnational Social Field Perspective on Society" [J]. International Migration Review 38.3 (2004): 1002-39.1011.

瓦尔主张的奇卡诺叙述的辩证法不仅是为了反映现实，也在于改变现实。因此，西斯内罗斯的文本一方面在描述具有跨国视角和意识的芝加哥，同时也试图发现一个新墨西哥人眼中的芝加哥。这样的空间不仅来自它的物理空间、城市空间，也来自人们的内心，来自人的心理空间。

萨蒂瓦尔认为奇卡诺文学的辩证本质是"在被征服的原本属于祖国的领土上的少数民族"。他在《差异的辩证法》中指出："一种对另外一种的消解，将之提升到更高的存在层面；通过对立与冲突进行发展，——既不是墨西哥的，也不是美国的。"①虽然有些移民家庭会存在对盎格鲁-撒克逊的对抗感，但也有些家庭并没有完全的对抗，而是与之呼应。那么这种辩证法，也视为不仅可以互相对立，也可以相互参与。它可以同时既是墨西哥的，也是美国的。

芝加哥墨西哥人的奇卡诺叙述与传统意义上的移民同化叙述不同，传统意义上的同化是指移民到了移民国家后，逐渐被移民国的价值观同化，融入新的社会环境中。而芝加哥墨西哥人的奇卡诺叙述强调的是在边界的两个地点，甚至多个地点一直同时存在，一直不间断地相互参与，甚至重新创造的文化。

无论是尼古拉斯·德·日内瓦斯描述的墨西哥人眼中的芝加哥②，还是何塞·巴斯孔塞洛斯（José Vasconcelos）描述的二元对立的墨西哥人眼中的芝加哥，或者裴瑞兹（Américo Paredes）描述的大墨西哥地区（Greater Mexico），都是对正常墨西哥空间从内至外的建设。

尼古拉斯·德·日内瓦斯描述的芝加哥模糊了国家和民族的边界，构建了一个在社会空间上与拉丁美洲对应的芝加哥。这个跨国意义上城市空间的形成，依赖于移民对本国文化与移民文化发生的社会冲突过程。在这个过程中，"墨西哥"的含义被重新定义。墨西哥人眼中的芝加哥并不是墨西哥的延伸，而是对芝加哥代表的美国作为单一民族国家空间的永久瓦解。它含有"墨西哥

---

① Saldivar, Ramon. Chicano Narrative: The Dialectics of Difference [M]. Madison: U of Wisconsin P, 1990: 8.

② De Genova, Nicholas. Working the Boundaries: Race, Space, and Illegality in Mexican Chicago [M]. Durham: Duke UP, 2005.

特性"，预示着新的社会构成和新的可能性[①]。

德·日内瓦斯在文中提到，在《芒果街的小屋》中，墨西哥人眼中的芝加哥是通过移民在各种矛盾的斗争中不断建立起来的社会空间，而芝加哥城市中墨西哥群体的建立也是在各种社会冲突中构建起来的[②]。在芒果街的小屋中，埃斯佩朗莎身处的社区就是在芝加哥的种族环境中，在墨西哥人和其他拉美裔居民的不断斗争中建构起来的。而在《卡拉米洛》中，拉拉的跨国经历也清晰地让读者感觉到墨西哥与芝加哥之间相互融通。在墨西哥移民不断往返于墨西哥与美国之间的过程中，他们心中的墨西哥会有芝加哥的影子，而在芝加哥，他们却又能看到墨西哥的影子[③]。

在芒果街的故事中，主人公埃斯佩朗莎一直想拥有一所属于自己的房子，一个自由的空间，这是她的美国梦。但在现实中，她们一家人却搬进了芝加哥一个破陋不堪的社区。但也正是这样的一个空间，让读者无处不感受到各个人物的跨国记忆和跨国经历。墨西哥人眼中的芝加哥这个新的空间概念为埃斯佩朗莎的故事提供了新的解读角度。

实际上，最初的墨西哥移民从墨西哥来到芝加哥，是因为在20世纪初期，芝加哥这样的大城市为他们提供了大量的农业和工业的就业机会。于是大量的墨西哥人来到美国中西部的芝加哥。尤其在一战以后，移民法的修改也为越来越多的移民留下来提供了便利。农业劳作有它的季节性，在农作之余，大量的移民涌到大城市，他们在工厂工作，帮助修建铁路。很多移民不再愿意回到农村进行农业劳作，因为城市的待遇与工资都相比农作高许多。

而在城市工作的移民也大多居住在工厂附近，他们形成了少数民族聚集的社区，因此城市的大片地区被移民占领。例如墨西哥移民多数居住在芝加哥的南部，而黑人移民多数居住在芝加哥的西部。因此有历史学家认为，芝加哥

---

① De Genova, Nicholas. Working the Boundaries: Race, Space, and Illegality in Mexican Chicago [M]. Durham: Duke UP, 2005: 100.

② De Genova, Nicholas. Working the Boundaries: Race, Space, and Illegality in Mexican Chicago [M]. Durham: Duke UP, 2005: 113.

③ William Orchard, Yolanda Padilla. Bridges, Borders, and Breaks: History, Narrative, and Nation in Twenty-First-Century Chicana/o Literary Criticism [M]. Pittsburgh: University of Pittsburgh Press, 2016: 103.

墨西哥社区内的种族分布与美国西南部的截然不同。在美国的西南部，白色人种和棕色人种是主要的种族关系；而在芝加哥，墨西哥人面临更复杂的种族关系，他们面对的不单纯是白人、黑人，或是单纯的美国人，还有芝加哥大量的拉美裔人口，如波多黎各人等，这都影响着墨西哥人在这座城市的种族和身份认同。他们的身份认同更为独特，称之为墨西哥特性（"mexicanness"），也有着特别的性别和阶级关系。

《芒果街的小屋》发表于1984年，但实际上，这部作品写于20世纪70年代，在西斯内罗斯参加研修班和之后的阶段。那个时期的芝加哥，经历着人口比例的巨大变化，也正经历着全美国大城市中心的去工业化，许多白人的中产阶级和工人阶级已经从城市的中心向城市的东南西北部的边缘发展。而城中心很快成为墨西哥人和波多黎各人的聚集地。占据着城市中心的位置，少数民族的民族自豪感油然而生。但同时，各个族群之间的矛盾也层出不穷。

在故事中，埃斯佩朗莎的一家即使住在芝加哥这座大城市，也在不断地搬家，从东部到西部，又回到东部，这都反映出他们身份的不确定性和不稳定性。

玛丽·帕特·布雷迪（Mary Pat Brady）说："位置与地点对于构建身份认同和社会来说是不可或缺的。"[1]埃斯佩朗莎对空间的坚持，对人在空间中位置的执着，都表明她对这个城市的熟悉度，以及她对空间的掌控。这是建立空间与人的身份认同关系的前提。

当埃斯佩朗莎刚刚搬到芒果街时，她第一个认识的朋友就是凯西（Cathy）。凯西是故事中为数不多的不是来自墨西哥，与拉丁美洲不相关的人物。在凯西眼中，芒果街上的邻居大多是危险人物。她的朋友已经搬走了，而她的家人也要很快搬离这个区域，因为这里的人变得越来越坏。对她而言，这是个充满消极色彩的地区，露西（Lucy）和蕾切尔（Rachel）是"像老鼠一样衣衫褴褛的女孩子"。

但埃斯佩朗莎却认为，那些搬走的人仅仅是搬到了芒果街北面一点的区域，没有离开很远。因此，与凯西相比，即使埃斯佩朗莎并不喜欢芒果街的房

---

① Brady, Mary Pat. Extinct Lands, Temporal Geographies: Chicana Literature and the Urgency of Space [M]. Durham: Duke UP, 2002: 116.

子，但她的心态却完全不同。她拥有更开放的心态，她没有忘记自己拉美裔的身份，也意识到凯西所想的是来自工人阶级白人的狭隘想法。在这个社区，种族结构如此多元丰富，很快，埃斯佩朗莎与露西和蕾切尔成为朋友。她们两个都是墨西哥人的后裔，都对埃斯佩朗莎相当友好。她们对埃斯佩朗莎的处境感同身受，也不会笑话埃斯佩朗莎蹩脚的英语。蕾切尔出生在芝加哥，而露西出生在得克萨斯，她们的成长背景与经历映射出芝加哥复杂多元的文化维度，这也是跨国视角得以产生并发展的社会环境。

得克萨斯的墨西哥人善良的本质也深深吸引着埃斯佩朗莎，她从他们身上找到共有的特质，具有天生的亲近感。这也让埃斯佩朗莎与芝加哥这座大城市中的其他少数民族，如来自波多黎各的马林（Marin）产生好感，并成为朋友。

以上的经历都证明埃斯佩朗莎对芝加哥这个社会空间的多种族状态有着接受且包容的态度。

实际芒果街就是墨西哥人眼中芝加哥的缩影，各个民族与种族混杂其中，本身就具有跨国性质。虽然在整个故事中，埃斯佩朗莎似乎从来没有离开芝加哥，但字里行间却透露着埃斯佩朗莎与拉丁美洲千丝万缕的关系。那里有记忆，有故事，还有亲人。这故事不仅来自她，也来自芒果街的其他人。

在"在黑暗中疲倦地醒来的爸爸"这一小节中，听到亲人去世的消息，埃斯佩朗莎意识到父亲一定要回到墨西哥参加葬礼。因为对父亲而言，家族关系的根在墨西哥。"我的所有叔叔和阿姨都在那里，在墓碑前摆放着黑白色的照片，还有放在白色花瓶里的像矛形状的花束，因为这是那个国度送走故人的方式。"[1]

在"热拉尔多没有姓氏"这一小节中，当马林告诉芒果街的邻居们，曾经和她跳过舞的移民小伙子在一次交通事故中死去的时候，她实际是在传递一种跨国生活不易的态度。美国对于那些来自拉美国家的移民来说充满着前途未卜的可能性。芒果街上的居民对这样的故事也只能是无奈罢了。

布雷迪说："空间是在相对性中建立起来的。"因此我们看到埃斯佩朗莎所在的芒果街与芝加哥相关，同时也与拉丁美洲相关。芝加哥没有带给这里

---

① Cisneros, Sandra. The House on Mango Street [M]. New York: Vintage, 1991: 56.

的少数民族安定的生活，这里的朋友们不是回到了墨西哥（如Alicia），就是要回到波多黎各（如Marin），或者奔波在两国之间。对于移民来说，家的概念夹杂着复杂的情感因素。埃斯佩朗莎对阿里西亚（Alicia）说："我没有一间属于自己的房子，但阿里西亚却指着我觉得羞耻的那个房子说：'你就住在这里啊，芒果街4006号。'"对埃斯佩朗莎来说，"家"不仅是居住的物理空间，也是情感中的心理空间，是心灵安放的地方。虽然埃斯佩朗莎没有去过墨西哥，所有关于墨西哥的记忆都是来自家人的描述，但她对墨西哥有天然的亲近感。"这所房子并不像我记得的房子的样子，我都不知道我为什么想起它，但这似乎是对的，看一下这所房子吧，我说，她看起来像墨西哥的风格。"埃斯佩朗莎喜欢妈妈的头发，喜欢在靠近妈妈的地方入睡，因为这样可以闻到妈妈的味道。妈妈的味道也是故土墨西哥的味道。

以上都证明芒果街的确不仅是芝加哥种族交集的社区，也是跨国文化交集的缩影。从文化的层面上说，这个社区不仅属于芝加哥，也属于墨西哥。

西斯内罗斯在文中也试图通过多重语言或者语言意义表现新墨西哥人的跨国文化维度。在故事中，许多人物都存在语言障碍。比如玛玛西塔，她跟随丈夫来到美国，却不能说英语，整日待在家里听西班牙语广播。当她的孩子开始说英语时，她更加崩溃了，她对家的思念与日俱增。露西和阿里西亚的英语也不是那么纯正和地道。于是，埃斯佩朗莎观察周遭发现，如果这里的移民不能掌握英语，会产生强烈的无助感。但如果能够熟练地运用一种语言，则会带来力量。妈妈的英语虽然说得很好，但她并不擅长写作。因此埃斯佩朗莎选择了用英语写作。

埃斯佩朗莎这个名字的英文含义是"希望"，但在西班牙语中却有"伤感""等待"的含义，她喜欢自己的名字被读成西班牙语，而不是英语。在故事的开端，她就要改变自己的名字，似乎只有这样做，她才能对自己的命运更有掌控感。她想改掉名字，并不希望自己的名字与家族有任何关联，但她又喜欢自己名字的西班牙读法，这就是埃斯佩朗莎矛盾的生活状态，你中有我，我中有你。

她对墨西哥文化有天生的亲近感，却又不愿舍弃英语带给她的力量感。后来，她终于发现更改自己的名字并不是改变命运的最佳方式，她发觉只有成为一名作家，才是最好的出路。只有在她的写作过程中，在她构建的想象空间中，她才能与这个世界进行各种互动和连接，也才能找到属于自己的位置和身份认同。

故事中的许多人物都有两个或是更多的名字。一个来自西班牙语，一个来自英语。比如蕾妮（Nenny）就是英语名字，而玛格达莱纳（Magdalena）则是西班牙语名字；卢佩姑姑的真正姓名是西班牙语中的"Guadeloupe"；奥蒂兹（Meme Ortiz）的西班牙语名字是"Juan"。姓名是个体的名称符号，多重符号就象征着多种语言与文化交集的过程，也是跨国文化的表现。

西斯内罗斯在《卡拉米洛》这部作品中，一开始就拒绝语言的二元对立，这恰恰是主人公拉拉这代年轻人面临的语言困境。比尔·约翰逊·龚扎雷（Bill Johnson Gonzalez）认为，西斯内罗斯在西班牙语和英语的语言处理方面已经尽量达到了相互渗透的效果，尽量做到了语言之间的相互适应①。祖母震惊于她认为的野蛮的美国文化，"Que barbaridad!"，西斯内罗斯将其翻译成英语"What a barbarity!"。这种语言的"相互融通"反映着发生在美国和墨西哥之间特有的经历、需求和多元文化活动。

第二节　跨国主义中的文化混血

《卡拉米洛》是西斯内罗斯于2002年发表的作品，是她比较著名的近期代表作。它讲述的是美国墨裔移民瑞斯（Reyes family）一家的故事，而故事的讲述者就是瑞斯的女儿——赛雷亚·瑞斯（Celaya Reyes），也就是我们所说的拉拉。

拉拉是家中七个孩子中唯一的女孩，一直跟随她的家庭不断往返于芝加哥和墨西哥之间。这样的人物经历就像西斯内罗斯的童年经历一样，因此，可以说，这是一部半自传体的作品。故事从拉拉的童年经历谈起，讲述了她不断成长的历程。她讲述的不仅是自身成长故事，更是一个家族的历史故事。同

---

① Gonzalez, Bill Johnson. The Politics of Translation in Sandra Cisneros's Caramelo [J]. A Journal of Feminist Cultural Studies 2006 (17.5) : 3-19.

时，它不仅是一个家族故事，也是千万个移居美国的移民家庭的故事。

每年夏天，主人公拉拉和她的家庭都要从芝加哥回到墨西哥城，那里是祖母的家。在这里，她看到和听到许多故事，比如有人羡慕她的美貌，她的祖父曾经在墨西哥内战中受伤等。她也看到许多墨西哥的老物件，但在所有的物件当中，长围巾（rebozo）是最核心最重要的一个，它象征着所有错综复杂、相互交织的关系。

《卡拉米洛》的故事相比于芒果街的故事发生在更近代的时期。实际上，自从1986年移民法案改革后，芝加哥的墨西哥移民比以往拥有更大的自由度穿梭于墨西哥与美国之间。如果说，芒果街的故事中所提及的移民往返母国与美国之间的自由度还有所限制的话，那么在《卡拉米洛》中，移民的往返自由得到前所未有的宽容。因此，无论在时间概念上，还是在空间概念上，西斯内罗斯都做了更大胆的尝试。

从纵向上看，小说涉及几代移民的故事；从横向上说，它涉及更广泛的地理范围，更深刻的种族问题[①]。在《卡拉米洛》中，在大的社会历史背景中，作者通过瑞斯的家族故事将跨文化经历与身份认同联系在一起，探讨了墨西哥文化和奇卡诺文化中的种族问题和性别问题，建构了美国与墨西哥的辩证关系，并且看到了这样的社会背景对家庭和社会的影响[②]。

奇卡诺人在墨西哥和美国之间的频繁往来并不是没有任何连续性和意义的往来，而是不断"重生"的过程[③]。它不仅代表对母国的紧密联系，同时也强调美国的重要地位。他们身上承载的双重身份有着重要的意义，对他们而言，美国和墨西哥都有"家"的概念，这种移居对于像拉拉这样的墨西哥第二代移民的影响更是如此。

一年一次规律地回到墨西哥的家中，对于瑞斯一家来说，有效地保证了

---

① McGurl, Mark. The Program Era: Postwar Fiction and the Rise of Creative Writing [M]. Cambridge: Harvard UP, 2009: 343.

② Heredia, Juanita. Transnational Latina Narratives in the Twenty-First Century: The Politics of Gender, Race, and Migrations [M]. New York: Palgrave Macmillan, 2009.

③ Szeghi, Tereza M. Weaving Transnational Cultural Identity through Travel and Diaspora in Sandra Cisneros's Caramelo, [J] MELUS: Multi-Ethnic Literature of the U.S., Oxford University Press. Volume 39, Number 4, Winter 2014: 162-185.

与墨西哥的文化连接，但对于像拉拉这样的第二代移民而言，刚到墨西哥，疏离感却扑面而来。尤其是语言的差异让他们清醒地意识到这是两个截然不同的国度。语言是文化和身份的重要标志，像拉拉这样的第二代移民虽然在家庭氛围的影响下熟悉墨西哥文化，但相对于那些成长在墨西哥的同龄人来说，他们又成了局外人。

每年回到墨西哥，拉拉和她的兄弟们最初都是用英语来对话，虽然对长辈来说，这显得不太礼貌，但他们已经习惯于用英语来表达。而拉拉的哥哥拉法（Rafa）在墨西哥待了一年后再度回到美国，他熟练的西班牙语却又让他在美国遭受尴尬的处境。拉拉这样回忆说："他试图跟我们说西班牙语，但我们跟小孩子们不用西班牙语交谈，我们只用西班牙语跟成年人交谈。"[①]更重要的是，拉拉和她的兄弟们不愿意理睬拉法，并不是因为他们听不懂拉法说的西班牙语，而是因为他们觉得拉法违反了"跨国界"环境下的语言常规，在哪个国度就应该尽量说哪国的语言，要在多元的语言和文化环境中不断协调和妥协。"离散经历带给人们的身份认同不仅是来自地理边界的概念，也是来自文化间或是跨文化复杂的动态过程。"[②]对瑞斯一家而言，虽然他们常年生活在美国，但他们对母国的认同则是在年复一年、不断穿梭于两者之间的动态过程中不断得到强化的。

大卫·巴斯克斯（David Vazquez）也谈到，《卡拉米洛》在国家与跨国家之间徘徊，派生出一种新的社会和政治的归属感[③]。也就是说，在国家和跨国家之间既建立连接又有所区分，这是一种新的具有混血成分的归属空间。无论是萨尔蒂瓦（Saldivar）、埃雷迪亚（Heredia）还是巴斯克斯（Vazquez），他们几乎都认为《卡拉米洛》中表现出的跨国主义是通过语言、文化和身份认同来体现的。

墨西哥和芝加哥不断往返的运动，促进了边土文化的发展，这种边土文

---

① Cisneros, Sandra. Caramelo. [M] New York：Vintage, 2002：23.

② Hollinshead K, Coles T, Timothy D J. Tourism and third space populations - the restless motion of diaspora peoples. [M]. 2004：33-49.

③ Vazquez, David J. Triangulations：Narrative Strategies for Navigating Latino Identity [M]. Minneapolis：University of Minnesota Press, 2011：180.

化融合了墨西哥和美国的传统、语言和身份认同。对这些墨西哥移民而言，他们称自己为奇卡诺人，但有时也被嘲讽为"Mericans"，一半为墨西哥人，一半为美国人，墨西哥是他们的家园，美国也有他们的家。

对拉拉的父辈来说，这种美国和墨西哥之间的往来成功维系了与母国文化的联系，但对于拉拉这代年轻人而言，首先是需要铸造这种亲密关系，之后才是维系。作为出生在美国的第二代移民，拉拉跟随父亲回到墨西哥的家中，加强了她对墨西哥的归属感，也丰富了她的文化和家庭身份。回到母国，对任何一个流散民族而言，都显得无比重要，这也是建立跨国意识不可或缺的部分。

虽然这样的往来让第二代移民与墨西哥产生了直接的联系，但这种联系与传统意义上的移民又不尽相同。传统意义上的移民由于没有这样密切的地理穿梭和往来，会对他们的母国文化逐渐淡化和淡忘，但奇卡诺人却不会。拉拉在文中这样说："我的所有部分都来自墨西哥，只是在美国组装而已，我出生于美国。"[1]这是多么形象的描述啊！拉拉甚至还想让人们去观望她被组装的效果。她说："我既不属于这儿，也不属于那儿。"她的大部分生活都是在美国，但当她在墨西哥时，她却试图遵守她并不理解的文化内容。她在墨西哥的经历让她意识到美国文化在她身上产生的影响，也同时意识到作为墨西哥人后裔，她在两种文化间做出的妥协。

实际上，墨西哥这个民族本身就是一个混血民族，或者说有着跨越国界的民族传统。拉拉的曾祖父就来自西班牙，尽管他不愿承认贫穷的出身，但瑞斯家族乐于承认家族中的西班牙血统。拉拉也试图挖掘家庭中丰富的历史渊源，这个家庭本身的身份认同就有着混血传统，而大部分的墨西哥人亦是如此。

拉拉对墨西哥的印象来自家族故事，也来自她所观察到的墨西哥文化呈现的多元性。墨西哥文化中的多元性不仅发生在西班牙入侵和殖民统治之后，也发生在墨西哥的部落时期（墨西哥人印第安血统的部分）。墨西哥人身上蕴含的混血元素让他们有时看起来并不像墨西哥人。拉拉的同学就曾经质疑她长得并不像墨西哥人，她反抗道："我身体的一部分想要踢他的屁股，另

---

[1]　Cisneros, Sandra. Caramelo [M]. New York: Vintage, 2002: 231.

一部分却为他们的愚蠢和无知感到遗憾。但如果你没有去过新拉雷多（Nuevo Laredo）（墨西哥东北部一座城市）以南，你何以知道墨西哥人到底应该长成什么样子？"①

多年来与墨西哥之间的旅行往来丰富了她的见识，也建构了她的自信。更有趣的是，当拉拉被问到是否是墨西哥人时，接下来的问题也随之而来，"你是来自美国，还是来自墨西哥？还是来自两者之间？"他们的意思是，你是纯正的墨西哥人吗？还是跨国界、跨民族的墨西哥人？"我是墨西哥人，虽然我出生在美国，在美墨边界。"②这样简洁肯定的回答来自她对自己身份认同的清晰认知。

但有些墨裔美国人，虽然有着超越国界的特殊归属感，为他们家族的欧洲西班牙血统感到无上光荣，但却对土著印第安血统自惭形秽，"拉拉的曾祖父像一只秃鹰，淡褐色的眼睛，墨西哥人认为他的帅气来自他的西班牙血统，而她的曾祖母虽然很漂亮，但人们却认为她那么平凡，或许是因为她的印第安血统吧"③。

拉拉却敢于挑战家族的传统观念，她为曾祖母身上的土著印第安血统骄傲，并强调她的美貌并不来自她的欧洲血统。不仅如此，拉拉还认为，多重文化传承的结合并不是将其整合为一个统一的整体，而是文化间能够有相对的容忍与接纳，并且会"产生第三种元素，一种新的意识——新混血意识，虽然它是强烈痛苦的来源，但它来自持续不断的具有创造力的运动，来拆解新范例的统一部分"④。这样大胆的想法似乎与安扎杜尔的"新女性混血意识"理论如出一辙，是具有跨国民族主义色彩的创新思想。

拉拉的混杂身份，或者说跨越国界、跨越民族的身份，不仅来源于家庭故事与传说，也来源于地域间的往返运动。正如前文所说，这是一种积极的往返运动，可以不断塑造与产生新的价值观念，在延续和加强这种观念的过程中，不断传递有意义的价值观。

---

① Cisneros, Sandra. Caramelo [M]. New York: Vintage, 2002: 352-353.

② Cisneros, Sandra. Caramelo [M]. New York: Vintage, 2002: 353.

③ Cisneros, Sandra. Caramelo [M]. New York: Vintage, 2002: 117.

④ Cisneros, Sandra. Caramelo [M]. New York: Vintage, 2002: 101-102.

人类地理学（Human geography）讨论的也是人与空间的关系，或是身体与外在环境的关系。玛丽·帕特·布雷迪也强调空间概念对于奇卡诺文学的重要性。布雷迪声称，在奇卡诺作家当中，西斯内罗斯是非常重视身体与空间紧密联系的作家之一，而性、性别、种族的问题都是在空间中发生的[①]。可以说，身体本身就是空间的产物，也是空间的展现，是鲜活的经历，是概念的物质化。

在拉拉的成长过程中，边界两边的所见所闻都深深地印刻在她的脑海里，"每年我跨越边界，都是一样的——我的心忘记了，但是我的身体记得"[②]。因此，与其他游客不同，墨西哥对于拉拉而言，并不是发现未知的场所，而是在不断循环往复中，不断加深印象和再现、回忆的过程。跨国空间的来回往复不断唤起储存在身体里的记忆，也让不同民族间的文化在记忆中不断比较和交流。

墨西哥和美国之间有着如此密切的地缘关系，美墨边界无疑是颇具特色的物质存在。母国和美国的边境交接，且美国西部的一部分领土就是在美墨战争中夺取而来，墨西哥与美国之间的渊源和历史不是任何一个国家可以比拟的。但是确立跨越文化的身份认同并不是要模糊美国与墨西哥之间的边界，而是要让频繁跨越边境的群体更加明确它的意义，知晓在边界双方如何对文化进行协调和融通。

第三节　记忆：跨文化与跨国界的构成

阿斯特莉特·埃尔（Astrid Erll）和丹尼尔·利维（Daniel Levy）都是记忆研究学者，从传统意义上说，文化记忆与集体记忆都与民族国家相关，但现在，随着全球化的推进，跨国主义的发展，很多记忆形态都与原本的国家概念和国家背景相违背。这意味着记忆不再是仅仅与国家相联系的概念，而是超越

[①] Brady, Mary Pat. Extinct Lands, Temporal Geographies: Chicana Literature and the Urgency of Space [M]. Durham: Duke UP, 2002: 8.

[②] Cisneros, Sandra. Caramelo [M]. New York: Vintage, 2002: 18.

国家空间概念的构成。这种对记忆的重新定义对于分析《卡拉米洛》中的记忆形态有着重要意义，它取代了传统意义上国家范畴内的记忆概念，生发出具有跨国意识的记忆网络。

与集体记忆相关的还有一种记忆，可以称作"世界记忆"（cosmopolitan memory），这被认为是"超越种族，民族和国家概念的记忆"[①]。实际上，世界记忆与传统意义上的记忆并不一定有明显的差别，只是他的记忆网络不再仅仅局限于国家的范畴，而是超越国家的范畴，它将全世界视为行为的空间[②]。阿斯特莉特·埃尔也持有相似的观点。而且阿斯特莉特·埃尔认为，集体记忆主要由旅行记忆构成，记忆并不是一个一成不变的概念，而是一个不断重新创造，重新构建，相互交流的过程。从这个意义上说，与国家相关的记忆可以在旅行中、文化间持续不间断发生、形成和发展。正是这样的旅行记忆超越了国家和民族的概念，产生了跨文化的记忆网络。埃尔（Erll）、利维（Levy）和赛德（Sznaider）有关记忆的理论对理解西斯内罗斯的小说有重要的意义，跨国记忆是跨国文化的重要组成部分。

《卡拉米洛》小说中构建的记忆网络就是跨国的记忆网络，由两个国家的经历组成。一个是作为墨西哥人的经历，一个是作为墨西哥裔美国人的经历。将两国的记忆进行整合，产生了不一样记忆网，既不是纯粹美国的，也不是纯粹墨西哥的，而是处于两者之间，超越两国国界的跨国记忆网。

在《卡拉米洛》的故事中，拉拉讲述了她的家族几代人的移民经历，从她的曾祖父讲起（从西班牙移民到墨西哥），到她小时候跟随父亲从芝加哥到墨西哥，移民已经成为故事的主线，也是家族故事的主题之一。他们不断寻觅家的感觉，对家有着浓浓的眷恋和向往。对拉拉而言，芝加哥和墨西哥给她留下的记忆影响着她对这两个不同城市乃至国家的感知。西斯内罗斯正在用她的叙述话语，拾起这个群体中个体的和群体的记忆，言说着他们的身份认同和归属感。但这个文本中所说的回忆，当然不仅仅是奇卡诺人在美国的部分，还有

---

① Levy Daniel, Natan Sznaider. Memory Unbound: The Holocaust and the Formation of Cosmopolitan Memory [J]. European Journal of Social Theory, 2002. Volume 5, Issue 1: 87-106.

② Levy Daniel, Natan Sznaider. Memory Unbound: The Holocaust and the Formation of Cosmopolitan Memory [J]. European Journal of Social Theory, 2002. Volume 5, Issue 1: 87-106.

发生在过去的墨西哥故事，这样鲜活的记忆存在于这些墨裔移民的身体里，流淌在他们的血液中，伴随着他们的身体，在边界两边游走。

在拉拉的童年记忆中，墨西哥是充满魅力，令人好奇和兴奋的地方。拉拉最初回到墨西哥时总是无比兴奋。"墨西哥就像宇宙的中心，这儿的山谷就像你充满好奇想去品尝的一大碗牛肉汤，内心充满了欢乐。"①而芝加哥的家却时刻提醒着她自己的贫困处境，她说，"我从没有告诉过任何人，我这一生什么都不要，只想逃离这里，逃离这个寒冷、肮脏和恐怖的地方。你无法对没有在这个城市居住过的人解释这种感受，他们看到的只是明信片上的美景。……我可以清楚地记得每一个租住的公寓，它们走廊的味道……笨重的门上，到处都是鞋印……玻璃上的手印……没有院子，即使有院子，也没有草坪……"②

但对拉拉而言，童年的墨西哥却全然不是这个样子。当她长大一些回到墨西哥时，她甚至觉得恍惚，"这里的市中心已经不是我记得的样子，难道我记错了？跟芝加哥相比，这里的墙更脏，这里的人群更拥挤，建筑上到处都有涂鸦，简直跟芝加哥一模一样"③。祖母一再提醒她，这就是墨西哥原本的样子。

到处存在的比较让读者也看到，芝加哥有墨西哥的影子，而墨西哥也有芝加哥的影子。两个城市在人物的心里开始交融。拉拉用自己的经历和记忆构建属于移民自己的社会空间——她眼中的墨西哥和她眼中的芝加哥。拉拉想在芝加哥麦克斯韦大街（Maxwell street）的跳蚤市场上找到墨西哥最地道的玉米粉蒸肉，那是墨西哥的味道。这些记忆碎片像珠子一样构建着作品中的跨国维度。可以说，这两个城市，都带着对方的影子和痕迹，这样的记忆产生了独特的社会空间。

实际上，故事中主人公的跨国意识是将两个城市融合到一起的基础。她在芝加哥的失落感和思乡情绪暴露了她在他乡的处境，"这些物件，那首歌，那个年代，那个地方，一切的一切，都让我如此想家，那些都不再存在

---

① Cisneros, Sandra. Caramelo [M]. New York: Vintage, 2002: 25-26.

② Cisneros, Sandra. Caramelo [M]. New York: Vintage, 2002: 301.

③ Cisneros, Sandra. Caramelo [M]. New York: Vintage, 2002: 259.

了。……我像所有移民一样，卡在这儿与那儿之间"①。他们对墨西哥有着向往，但却不能称之为自己的国家，这就是移民所处的困境。

此时他们头脑中的记忆被重新定位，不再是原来那个仅有单一国家概念的记忆，而是具有跨国概念的记忆。因此可以说，《卡拉米洛》中表现出来的身份认同和归属感不仅来自想象、记忆、话语，也来自奇卡诺经历中的跨国记忆网络。

在这段跨国记忆网络中，叙述者的视角也发生了变化，它不仅是关注墨西哥移民在美国的边缘化地位，也不仅是对抗美国的"主流"话语，而是用这样的记忆为美国的墨西哥移民构建一个想象中的社区，一个想象中的家园，以此作为他们寻求身份认同的基础。

在小说中，记忆与语言构成都是构建身份认同的重要因素，回忆也意味着创造。为了记住，人们必须创造，创造自己的身份认同和家园意识，以此来保存内心的记忆。这份记忆不仅建立在自身经历的基础上，也建立在想象的基础上。

《卡拉米洛》的故事可以分为三部分。在第一部分中，拉拉讲述了家里每年一次从芝加哥回到墨西哥看望祖母的旅行。在这部分当中，美国与墨西哥的记忆无时无刻不出现在故事里。拉拉提到了到墨西哥南部阿卡普尔科（Acapulco）的旅行，这是很重要的经历，因为它隐藏着父亲生命中最重要的秘密。小说中的叙述不仅由真实的故事和事实构成，还由谎言和秘密组成，从这个意义上说，这段记忆作为身份认同的基础就包含着想象的成分。

旅行是记忆的载体，拉拉一家每年夏天都会回到墨西哥，这样的旅行对她而言是重拾记忆的最好机会，耳闻目睹和身体的真实感受都是记忆的组成部分，每次她都承载满满的记忆回到美国。"每次我们跨过那座桥，一切都转换成另一种语言……生日蛋糕就那样放在木头盘子里，没有盒子的包装……麦片和热牛奶一起吃……"②墨西哥的一切似乎都与美国不同。哪怕是去阿卡普尔科的旅行照片也为拉拉的记忆增加了丰富的内容。即便那照片里没有她，她

---

① Cisneros, Sandra. Caramelo [M]. New York: Vintage, 2002: 434.

② Cisneros, Sandra. Caramelo [M]. New York: Vintage, 2002: 17.

也愿意以旁观者的身份构建那段记忆。

在第二部分当中，拉拉在祖母的帮助下，重现了墨西哥祖先的历史。这是一段关于祖父母和曾祖父母的故事，这些经历与墨西哥民族的集体记忆相关。这是想象或是虚构成分更多的部分。"当我还是一粒尘土时，故事就开始发生了，在我出生之前发生的。以下是我听到的故事，或是我没听到的，那便是我想象的部分。"①

在这部分当中，叙述者将自己的记忆与过去她没有参与，也未目睹的故事联系在一起。可以预见，叙述者将用她的想象力构建她父亲、祖父祖母，甚至祖先们的故事，这也就是将她的个人经历与集体记忆联系在一起的过程，也是跨国记忆网络形成的过程。

这部分要从祖母的童年开始讲起。她的祖母出生在墨西哥的一个小镇，那个地方以生产围巾闻名，祖母的父母也与其他父母一样，担负着将围巾编织的技能传递给下一代的使命②。当祖母还是个孩子的时候，她就戴着这个小镇非常出名的围巾，也懂得根据围巾的颜色设计围巾的名字。"当我的祖母还是婴儿时，就被这样一条围巾包裹着，这条围巾甚至被看作一个国家的国旗。"③它如此神圣，以至于被认为是墨西哥特性的象征。在祖母生活的年代，这样的围巾是每个墨西哥女人必须佩带的，"在祖母那个年代，无论贫穷还是富贵，美丽还是平凡，年老还是年轻，每个人都有一条这样的围巾……它如此宝贵，可以当嫁妆，可以当坟墓中的陪葬品，也可以是日常的装饰，可以与最漂亮的裙子相配，也可以用来包裹孩子……"④。这都是祖母亲眼所见。

这条披肩代表的记忆异常丰富，是祖母的妈妈的故事，是妈妈的遗物，是历史的味道，也是文化的传承。这样的围巾不可能再买到，即使买到，也不再是手工编织，不是原来的样子。

围巾代表的墨西哥文化也正在流失，祖母的妈妈还没来得及将围巾

---

① Cisneros, Sandra. Caramelo [M]. New York: Vintage, 2002: 89.

② Cisneros, Sandra. Caramelo [M]. New York: Vintage, 2002: 93.

③ Cisneros, Sandra. Caramelo [M]. New York: Vintage, 2002: 93.

④ Cisneros, Sandra. Caramelo [M]. New York: Vintage, 2002: 94.

的编织技艺传授给自己的女儿时，就已经过世，留下了一条未完成的围巾，被祖母视为珍宝。祖母已经没有能力完整地传承她的家族历史了。对她而言，编织围巾的技艺永远地失传了。"因为她不知道接下来怎么做，祖母咬着围巾的边穗，如果妈妈活着多好啊，妈妈会告诉她如何与围巾交谈……，但是现在谁能解读围巾的语言给她听呢？"①这似乎象征着无法恢复的珍贵过去。

这条卡拉米洛颜色的围巾无时无刻地陪伴着祖母。无论是祖母的父亲将她送到墨西哥城的姨妈家住，还是她出嫁；无论是她做一名女仆，还是她生产时，这条围巾都陪伴着她。它永远是内心最深的记忆。她多么希望失去的记忆可以在新的经历与生活中被重新建立，失去的记忆可以完成从个人记忆到集体记忆的传递！倘若真能如此，这便是对历史的最大尊重与再现。

祖母索莱达（Soledad）佩戴的卡拉米洛颜色围巾也成为拉拉心中墨西哥的象征。拉拉想要一条和祖母一样的围巾，但祖母并不愿意借给她，因为这条围巾是很久以前的手工作品，而现在的都是工厂的批量生产，已经与以前的大不相同。况且，这条围巾意义非凡，已经不简单地是文化的象征，也是家族文化的传承。这是祖母的妈妈留给她的遗物。祖母不愿将这条围巾送给拉拉，是她对墨西哥文化和家族文化的不舍，也无形中意味着墨西哥文化中对第二代美国移民的排斥与拒绝。

但无论如何，这条围巾成为祖孙两人连接的纽带。对于拉拉而言，这条围巾是墨西哥文化的象征，而对于索莱达而言，这条围巾也是妈妈留给她的爱，索莱达无法碰触到母亲的爱，将一切情感寄托在这条围巾上。对于围巾未完成的部分，索莱达拆了编，编了拆，无数次，即便被继母训斥，她的手也从未停止过②，她希望通过不断的编织延续母亲的爱，延续母亲的技艺，延续文化的传承。

她的手没有停止过，她的心更没有停止过，她正在用身体的行动追忆过往和历史，用行动去触碰她内心都不敢触及的地方。实际上，这样的行为与拉

---

① Cisneros, Sandra. Caramelo [M]. New York: Vintage, 2002: 105.

② Cisneros, Sandra. Caramelo [M]. New York: Vintage, 2002: 95.

拉的身体不断来往于两国边界一样，都在用他们的身体和行为满足内心深处的渴望。

围巾也象征着崇尚编织技艺的那一段墨西哥历史。现在工厂生产的类似围巾已经失去了手工技艺的传承，在整个村子都已经找不到了。因此它也已经不是真正意义的墨西哥长围巾，真正的墨西哥长围巾编织的不仅是围巾，也是文化，是历史。

有批评家认为，这条围巾就是一个记忆的场所。记忆就像围巾上的丝线，一点点被编织起来，它承载的不仅是祖母的回忆和记忆，也是墨西哥更早祖先的历史和整个墨西哥的过去，也象征着人们的记忆如何随着时间和空间的转移发生了变化。这样的变化发生在几代人中间，他们的历史被记住，被珍视，被遗忘，被重建，整个过程都被构建在一条围巾里。

墨西哥民族本身就是一个混血的民族，那么墨西哥围巾也是在此基础上的文化延续。这条围巾承载着曾祖母到拉拉这代年轻人的文化延续，这样的延续或许还要更久。这条围巾本身也是多重文化的集合体，它有着西班牙式的边穗，来自印第安的布料，还有前哥伦比亚时期的花样设计，甚至还看到了中国丝绸刺绣的影响[①]，这是一个何等多元和具有跨民族象征的作品。

它是一件艺术品，在同一件艺术品中，它将多种文化编织在一起，多种文化元素交织呼应。墨西哥容纳的文化并不意在用一种文化战胜另一种文化，而是主张文化间的相互交织和融通。墨西哥的血统本身就具有混血的特征，拉拉试图恢复和发掘的就是长久以来存在于墨西哥祖先血统中，却一直受到压抑的土著印第安文化。

记忆不仅承载在像围巾这样的物体上，还存在于人的身体上，流淌在人的血液里。第三部分中，拉拉讲述了由于祖父的去世，她最后一次跟随父亲回到墨西哥的经历。祖父的去世让祖母决定卖掉老房子，跟随她的儿子迁移到美国的芝加哥。由此，墨西哥与瑞斯一家的地缘关系被切断，他们在墨西哥再无家可回，那里也没有了亲人。但是瑞斯一家对于墨西哥的记忆却无意中断，祖母作为墨西哥文化的象征人物，和孩子们一起迁移，这也是新一代移民不愿丢弃和舍弃墨西哥文化的象征。如果有一天祖母去世，人们也会将祖母的故事和

①　Cisneros, Sandra. Caramelo [M]. New York: Vintage, 2002: 96.

墨西哥的记忆写成故事，写进小说里，以此保存他们的历史记忆。拉拉的确用她的方法构建着这个家族的跨国记忆，这是奇卡诺人找寻自我和确认身份认同的基础。

"给我讲一个故事吧，即使它不是真的。"①小说中的这句话有着深刻的含义，它试图告诉读者，这个故事不仅是回忆真实历史的过程，也是在想象中构建新故事的过程，人们在努力建构新的记忆网络，这是一个建构与重新建构、叙述与重新叙述的过程。在这样不断重新建构的过程中，记忆才能产生强烈的归属感。

故事的部分虚构就来自于想象，作者也并不避讳这一点，再三在文中提及，相信这也有她的用意。

"真相，这些故事仅仅是故事，像线的一些片段，到处拾起的一些零星故事，被编织在一起，产生了一件新的作品。我虚构了我不知道的部分，有时甚至用善良的谎言夸张了我所做的，去延续家庭的传统和故事。如果在虚构的过程中，我无心地偶遇到真相，很抱歉。去写作就要问问题，我并不在意问题的答案是真实的，还是仅仅是故事。只要这个故事被记得，即便真理像苍白的蓝色墨水消退在不值钱的刺绣图样上又如何？"②

在这个重建的过程中，个人的记忆、家庭的记忆、集体的记忆都在真实的和想象的空间内不断跳跃和连接，走在追寻自我身份认同的路上。这样的文字，这样的文本，不仅是记忆的容器、记忆的承载者，也是记忆的创造者。③

因此，从这个层面上说，记忆是主动回忆，也可以是在虚构中建构，这是记忆的两个层次。这是跨国记忆网络中的基础，也是《卡拉米洛》中陈述视角的基础。

在《卡拉米洛》这部小说中，不同人物的不同故事是作者展现其文化脉络的重要方式。墨西哥围巾呈现的文化谱系也是通过故事的叙述娓娓道来的。

---

① Cisneros, Sandra. Caramelo [M]. New York: Vintage, 2002: 95.

② Cisneros, Sandra. Caramelo [M]. New York: Vintage, 2002: 95.

③ Natalia Villanueva Nieves. Transnationalism and Chicana Literature: Transnational Perspectives and the Representation of Transnational Phenomena in three Chicana Narratives. ReMA Thesis. [D]. Utrecht University, 2010.

正如一条围巾中蕴含着不同的文化元素，一个人的一生也不可能只通过一个故事来展现，要用生命的许多故事呈现。而这些故事也包含着不同的文化元素，不是纯粹单一国家的文化，而是跨越不同国界，跨越不同年代的文化内容。这是作为美国墨西哥裔第二代移民看待历史与文化的方式。他们拒绝文化的单一性和二元对立，认为墨西哥文化本身就是复杂多元的，是一种女性混血意识。当拉拉对墨西哥文化愈发深入了解，她越认识到她与祖母索莱达之间存在的深刻连接，于是她将她家族的故事置于跨国与跨文化的情景下。西班牙、墨西哥城、圣安东尼奥，芝加哥都是跨国文化的交流场所。

在拉拉讲述她祖母索莱达的故事过程中，她慢慢理解了祖母的情感，甚至与之产生了共鸣。她下意识地亲吻围巾的边穗，感受随之而来的亲切。她与这条围巾的情感既代表了她与祖母的感情，也代表着对其承载的回忆与文化的认同。从横向来说，这条围巾是跨越民族和文化的故事；从纵向来说，这是几代人的文化传承。

个人记忆与民族的集体记忆也是可以连接在一起的，尤其是一些特别时刻，能够将个人经历与集体记忆、国家历史联系在一起。拉拉的祖父1914年的经历就是一段个体记忆与国家记忆相连接的事件，祖父在战争中受了伤，留下了永久的伤疤，但那也是国家非常重要的时刻[1]。

父亲瑞斯（Inocencio Reyes）经历的事件也是历史的一部分，带有国家的历史印记。父亲成长的年代虽然恰逢美国经济大萧条时期，但也是墨西哥的黄金时期。那时，墨西哥总统将外国投资者赶出墨西哥，将石油公司国有化，整个民族欢心雀跃。在政府的支持下，艺术蓬勃发展，产生了以印第安文化遗产为荣的"新混血"身份认同。"富兰克林·罗斯福还邀请墨西哥工人到美国进行农业收割……"[2] 这些经历都让父亲这一代人骄傲过好久。这都是有关母国和移民国的记忆，从那时起，就有跨国记忆的存在。尽管如此，跨国记忆并不影响这代移民对于母国的衷心，他们认定墨西哥永远是他们的家乡，因此每年都会安排回到墨西哥的旅行。

但伴随着祖母离开老房子，迁移到芝加哥，墨西哥将逐渐成为过去，不

---

① Cisneros, Sandra. Caramelo [M]. New York: Vintage, 2002: 122.

② Cisneros, Sandra. Caramelo [M]. New York: Vintage, 2002: 206.

知被切断的记忆是否只能成为永远的回忆？第三部分讲述的就是这段被割断的记忆如何或者是否能与拉拉的奇卡诺/纳经历相连接。如果有一天，祖母在美国的土地上故去，祖母的魂灵会让她的孙女讲述她的故事，或许她的灵魂还会再次回到墨西哥，在此生和来生之间徘徊。从这个意义上说，拉拉不仅继承了祖母留给她的围巾，也继承了她的记忆，并且肩负着传承这份记忆的责任。

而且拉拉意识到，她不仅要传承这样的记忆和历史，还要将这份记忆编织到新的奇卡诺人的经历和记忆中去。虽然祖母或许会抱怨，但这才是属于新的奇卡诺人的记忆和历史，是全新的跨国跨民族的记忆与历史的建立。"您（祖母）告诉我的越少，我就会越多地去想象。越多地去想象，我就越容易理解您。"[①]可以说，奇卡诺人的身份构建不仅是通过奇卡诺人的经历，也是由旅行记忆组成。这种跨国文化视角的交织不仅表达了西斯内罗斯对母国文化的执着，也使两国的文化再次交融。

第四节 《女喊溪的故事》与墨西哥电视肥皂剧

1991年，西斯内罗斯的另外一篇短篇小说集《女喊溪的故事》（*Woman Hollering Creek and Other Stories*）在兰登书屋出版，标志着西斯内罗斯开始步入了主流社会的文化领域，受到了国际的关注和认可。

西斯内罗斯的故事总是混杂着不同的风格，"如在墨西哥倍受欢迎的浪漫小说家科林·特利多（Corin Tellado）的风格，奇卡纳女性主义者安扎杜尔的风格，具有活力的二人组合博格斯（Borges）和加布里埃尔·加西亚·马尔克斯（Gabriel Garcia Marquez）的风格，等等。只是他们在风格上更简洁，更有情景剧的特色"[②]。在《女喊溪的故事》中，作者的写作手法和形式技巧也借鉴了墨西哥和一些南美国家的风格，既有墨西哥爱情小说和肥皂剧

---

① Cisneros, Sandra. Caramelo [M]. New York: Vintage, 2002: 205.

② Saldivar, Jose David. Trans-Americanity: Subaltern Modernities, Global Coloniality, and the Cultures of Greater Mexico [M]. Durham: Duke UP, 2012: 155.

（telenovela—soap operas）的形式，也有安扎杜尔的影子，笔者认为这是写作风格的跨民族性。

肥皂剧（telenovela）是一种奇卡诺大众文化艺术形式之一。它来自拉丁美洲，对拉美裔人物的塑造起着很重要的作用，也有助于形成他们的文化认同。这种大众文化题材对文化历史和人物塑造有着重要的意义。

根据安娜·露佩（Ana M. López）的观点，电视肥皂剧是拉丁美洲电视节目的最基本主题[1]，马丁·巴韦罗（Martin-Barbero）也将电视肥皂剧的形式追溯到19世纪出现在剧院和报纸上的戏剧形式。在拉丁美洲，尤其在墨西哥，剧院戏剧的形式对电视肥皂剧形式的形成起着非常重要的作用。与英美的肥皂剧相比，拉丁美洲的肥皂剧一般长度只是几个月，而且有着非常明确的结尾。虽然来自不同拉丁美洲国家的肥皂剧在风格上有所不同，但他们整体上都有着不切实际的情节和过多的戏剧成分。

拉丁美洲肥皂剧非常有趣的一个方面是它强大的输出能力。它不仅在拉丁美洲广受欢迎，还输出到美国和意大利、西班牙、法国等欧洲国家，当然也包括中国。它的广泛传播为拉丁美洲的文化和身份认同的传播发挥了积极的作用。全世界对拉丁美洲的印象在一定程度上都来自肥皂剧。

根据露佩的观点，出产肥皂剧的主要国家是巴西、阿根廷、墨西哥和委内瑞拉。巴西和墨西哥是两大出产国。肥皂剧承载着国家间、文化间相互交流的使命。肥皂剧的产出是美国国家用来民族化的一种艺术样式。从另一方面说，它意味着在戏剧概要中的严格标准，是视觉语法中的强力调节因素，根据市场的需求与逻辑，它带有不断增强的跨国主义趋势和倾向[2]。

美国有大量的拉美裔人口，因此拉丁美洲的肥皂剧也极受欢迎。在20世纪60年代，不仅拉丁美洲出口了大量的肥皂剧，而且在美国本土也出产了不少有关美国拉美裔群体经历的肥皂剧。有批评家还声称，美洲肥皂剧还是可以融

---

① López, A. M. The Melodrama in Latin America. Films, Telenovelas and the Currency of a Popular Ferm [J]. Wide Angle, （1985）: 7: 4- 13. "Our Welcomed Guests. Telenovelas in Latin America", in ALLEN, R.C. （ed.）1995: 256-275.

② Martin-Barbero J. Memory and Form in the Latin American Soap Opera, in ALLEN, R. C. （ed.）[M] 1995: 276-284.282

合很多女性主义观点的艺术形式①，是一种复杂的大众文化表达形式。肥皂剧表现出来的多重维度展示着它的无穷力量。

电视肥皂剧作为墨西哥的大众文化形式，在《女喊溪的故事》这部短篇小说的主人公生活中也占据着重要的位置。主人公克里夫拉（Cleofila）从墨西哥来到美国，希望在婚姻中找到幸福，但等待她的却是虐待她的丈夫和孤独的生活，最终她用她的方式逃回到墨西哥。实际上，她对婚姻的期待就是来自电视肥皂剧和浪漫的爱情故事，但现实生活却将她的梦想击得粉碎。

"现在最受欢迎的电视肥皂剧是《非你莫属》，美丽的女主人公忍受着各种艰辛、分离与背叛，坚持爱情，因为她认为那是最重要的事。"②这样的情节让克里夫拉遭受丈夫殴打时，没有选择还击，而是默默承受。"她没有还击，没有流泪，没有像肥皂剧中表现的那样，逃走。"③但肥皂剧中也有女性与命运抗争的情节，不知道是否女主角也是因此受到启发，逃离美国，回到墨西哥。

作者不仅借鉴了肥皂剧的形式，在故事中也展现了肥皂剧对女主角的影响作用。主人公克里夫拉在美国的生活逆来顺受，她连在美国看电视的权利也被剥夺了，因为她连一台电视机也买不起。丈夫不在家的时候，她会在邻居那里看上几集。"她总是会非常友好地告诉我电视剧里发生的故事。"没有电视肥皂剧，克里夫拉开始阅读浪漫的爱情小说。科林·特利多的浪漫小说与肥皂剧的情节相似，都是克里夫拉喜欢的类型。但无论是肥皂剧还是爱情小说，他们的主题都大同小异，都在讲述女人只有通过婚姻才能找到真实自我的故事，因此在现实生活中她们也受到影响，甘愿处于从属的地位。

这是大众文化传递给她们的价值观，与主流社会的主导意识形态相符合。但是西斯内罗斯也在她的短篇小说《好美》（*Bien Pretty*）中通过肥皂剧情节传递着积极的具有建设性的信息。主人公卢佩在遭受爱人抛弃后，通过电视肥皂剧来治愈她的伤感。经过一天忙碌的工作，回到家中，她可以坐在电视

---

① Craft, Linda. Testinovela / Telenovela: Latin American Popular Culture and Women's Narrathe [J]. Indiana Journal of Hispanic Literatures, 1990: 8: 197-210.197.

② Cisneros, Sandra. Woman Hollering Creek and Other Stories [M]. New York, Vintage: (1992): 44.

③ Cisneros, Sandra. Woman Hollering Creek and Other Stories [M]. New York, Vintage: (1992): 47.

屏幕前看她最喜欢的肥皂剧。她意识到，她并不想做肥皂剧中的女人，她要做真正的女人，做命运的主人。她敢于质疑电视剧和浪漫小说中传递出的价值观念，是比克里夫拉更具主动性的角色。正如西斯内罗斯所说，"我想让这些女人能够让事件发生，而不是成为事件发生的对象……要成为真正的女人……这样的女人在电视上，书上和杂志上鲜有出现……"①。

① Cisneros, Sandra. Woman Hollering Creek and Other Stories [M]. New York, Vintage：（1992）：161.

第五章　安娜·卡斯特罗——混血的奇卡诺精神

安娜·卡斯特罗（Ana Castillo）是美国墨西哥裔的著名小说家、散文家和诗人。奇卡诺/纳研究专家黛布拉·卡斯蒂略（Debra Castillo）曾经将卡斯特罗与安扎杜尔、切瑞·莫拉加（Cherrie Moraga）并置，指出她们都是最具代表性的奇卡纳女性主义者。

1953年，安娜·卡斯特罗出生在芝加哥一个墨西哥移民家庭里。拉美裔文化专家伊兰·斯塔文丝（Ilan Stavans）评论说："她是美国拉美裔小说家中最大胆和实验派的作家。"鲁道夫·安纳亚（Rudolfo Anaya）也称其为最优秀的奇卡纳小说家之一。她的作品和写作才能不仅在拉丁美洲享有极高的声誉，而且还得到了美国和欧洲读者的广泛认可。

卡斯特罗很早就有较强的政治意识，"我有很强的政治意识，当我开始写作时，我总能从朋友那里获得回馈和鼓励"[1]。20世纪60年代的奇卡诺民族主义运动让她清楚地知道，只有将具有相似背景的艺术家联合起来，才能形成一股强大的力量对抗主流社会对他们的压制。于是她将拉美裔的作家组织起来，组成了"拉美裔艺术家联合会"。

卡斯特罗特有的写作风格来源于多方面影响。"我的风格就是多方面影响的综合。"[2]卡斯特罗从小就对拉丁美洲有着深厚的感情和兴趣，"那时拉丁美洲作家的作品不是很多，但我还是比较愿意读那些同拉丁美洲经历相

---

[1]　Elsa Saeta, Ana Castillo. A MELUS Interview: Ana Castillo [J]. MELUS, Vol. 22, No. 3, Varieties of Ethnic Criticism, 1997: 134.

[2]　Elsa Saeta, Ana Castillo. A MELUS Interview: Ana Castillo [J]. MELUS, Vol. 22, No. 3, Varieties of Ethnic Criticism, 1997: 137.

关的故事。"①除了深受拉丁美洲作家的影响，她还对黑人女作家托尼·莫里森和有着西班牙血统和拉丁美洲历史背景的白人作家阿娜伊丝·尼恩（Anais Nin）颇感兴趣。多元文化对她的吸引为她日后的跨国主义视角奠定了良好的基础。

此外，她还同第三世界妇女保持密切接触，为多家报纸和杂志撰稿；她与从事奇卡诺/纳研究的著名专家卢卡（Lucha Corpi）、伊冯娜（Yvonne Yarbro-Bejarano）和切瑞·莫拉加（Cherrie Moraga）保持紧密联系，还同著名的奇卡诺/纳学者诺玛·阿拉尔孔（Norma Alarcon）共同创办了专门为第三世界妇女设立的"第三世界妇女出版社"（Third Woman Press）。不可否认，同第三世界妇女和相关学者的密切往来对他们彼此思想的发展和写作大有裨益。

第一节 "杂糅奇卡纳女性主义"

散文集《寻梦者大屠杀》（*Massacre of the Dreamers: Essays on Xicanisma*，1994）是卡斯特罗的一部被称为"足以与安扎杜尔《边土》媲美"的代表作②。它是由十篇散文组成的论文集，描述着奇卡纳的生存状态、经济地位、政治观念、精神信仰和对性行为的态度等。卡斯特罗在作品中采用了女性主义者的对抗策略，鼓励奇卡纳对抗传统的墨西哥男权文化和美国白人的文化价值观，呼唤奇卡纳建立和接受新的价值体系，即她声称的"杂糅奇卡纳女性主义"③（"Xicanisma"）。

"杂糅奇卡纳女性主义"是卡斯特罗在这部作品中杜撰的新概念，意在替换"奇卡纳女性主义"。"杂糅奇卡纳女性主义"来自奇卡纳经历，但具有更浓厚的政治和宗教色彩。它是与拉丁美洲墨西哥妇女传统特征（如耐性、毅

---

① Elsa Saeta, Ana Castillo. A MELUS Interview: Ana Castillo [J].MELUS, Vol. 22, No. 3, Varieties of Ethnic Criticism, 1997: 134.

② 黄心雅.奇哥娜·边界·阶级 [J].欧美研究, 2005（2）: 305.

③ 这是安娜·卡斯特罗在她的作品中杜撰的新词，此处的翻译沿用了国内唯一对此论述的台湾学者黄新雅的翻译，来自黄心雅. 奇哥娜·边界·阶级 [J].欧美研究, 2005（2）: 306.

力、对子女的关爱等美德）相结合的女性主义意识。"X"来自墨西哥南部和中美洲印第安各族的那瓦特语，它的使用再次强调了对民族文化的认同，拼写中的"X"本身也是一种政治宣言。虽然卡斯特罗承认自己是美国人，但她更认同自己是"具有墨西哥和印第安血统的美国人"[①]。

那么这样的"杂糅奇卡纳女性主义"到底有什么含义？根据卡斯特罗的表达，它是"明确植根于我们文化和历史的相互依赖和相互扶持的意识"[②]。虽然它旨在为这个世界上的墨西哥人提供自我认同的方式，但却也为那些非墨西哥民族背景，正在寻求身份认同的妇女指引了出路。"它是有弹性的，从不抗拒变化，建立在整体基础之上，而不是建立在二元论基础上。男人不是我们的对立面，也不是我们的敌人，是我们中的'他者'。"[③]这样宽阔的视角本身就是具有跨国民族主义思维的。

同安扎杜尔一样，卡斯特罗试图在民族文化的背景下，将少数族裔女性联合起来，建立一种可以超越简单和狭隘身份认同的女性价值观，这就是卡斯特罗倡导的奇卡纳理想。事实证明，她的"杂糅奇卡纳女性主义"的确在遭受种族和男权压迫的奇卡纳中得到了强烈的共鸣。

《寻梦者大屠杀》这本书的书名本身就具有历史内涵。"当我写这部书时，阅读了大量关于墨西哥前殖民时代（pre-conquest）的历史。根据法典记载，西班牙殖民者即将入侵阿兹特克时，阿兹特克帝王蒙提祖玛（Montezuma）出于对阿兹特克帝国即将衰落和灭亡的恐惧，派使者去探听有多少人梦到了帝国的灭亡和衰落。结果发现，很多人都有这样的梦境和预测。国王倍感绝望，将有这样预测的人全部杀害，因此在法典中有了关于'梦想者杀戮'的记载。从此以后，这个帝国的臣民再也不敢将他们的梦境说出来。尽管如此，该发生的最终还是会发生。"[④]卡斯特罗力图通过这个题目告诫人们，总是害怕梦想，害怕言说自己的想法，并不会阻止悲剧的发生，更重要的

---

① Milligan, Bryce.An Interview with Ana Castillo [J] .South Central Review, Vol.16, No.1. 1999: 28.

② Castillo, Ana. Massacre of the Dreamers: Essays on Xicanisma [M] . New York: Plume, 1995: 226.

③ Castillo, Ana. Massacre of the Dreamers: Essays on Xicanisma [M] . New York: Plume, 1995: 226.

④ Elsa Saeta, Ana Castillo. A MELUS Interview: Ana Castillo [J] .MELUS, Vol. 22, No. 3,Varieties of Ethnic Criticism,1997: 148-149.

是要行动起来，敢于想象，坚定信念，相信直觉，大声言说。这就是《寻梦者大屠杀》所要传递的信息，也是奇卡纳实现梦想的前提。

如卡斯特罗所说，"作为杂糅奇卡纳女性主义者，我们必须既是考古学家又是文化的梦想者"①。的确，在回溯历史的过程中，卡斯特罗发现了土著美国人、非裔美国人和阿兹特克文化传统之间的联系，这更坚定了她对墨西哥传统文化的信心，她坚信墨西哥传统文化和它的治愈功能势必能帮助奇卡纳重拾自我认同的信念和价值观。卡斯特罗本身就是墨西哥土著医师的后裔，她以自身经历为出发点，强有力地证实着土著传统"可以清除在环境中自身存在的负面因素，可以摆脱焦躁不安的情感和持续不断的忧虑"②。因此，卡斯特罗的杂糅奇卡纳女性主义价值观从历史出发，高屋建瓴，以跨国主义视角，看到各种文化传统之间的联系，又重新回归到土著传统中来，这是历史的力量，也是认知发展的过程。

梦想者还要肩负艰巨的社会使命和责任。"杂糅奇卡纳女性主义倡导要有对自己的责任感，对我们生活中的朋友、对我们联合的伙伴，对我们的环境一直抱有责任感……"③卡斯特罗积极鼓励墨裔妇女主动参与到社会活动中来，建立她理论中提倡的"群体感"，坚持奇卡纳女性群体应当有共同的理想和信仰，"女性的历史也是一种宗教信仰"④。这就是杂糅奇卡纳女性主义理论的核心。"要想理解男性至上主义对妇女生活的影响，对潜在真理的颠覆是非常必要的。"⑤的确，卡斯特罗正试图带领奇卡纳女性以"杂糅奇卡纳女性主义"的方式追求文化梦想。

---

① Castillo, Ana. Massacre of the Dreamers: Essays on Xicanisma [M]. New York: Plume, 1995: 220.

② Castillo, Ana.Massacre of the Dreamers: Essays on Xicanisma [M]. New York: Plume, 1995: 160.

③ Castillo, Ana. Massacre of the Dreamers: Essays on Xicanisma [M]. New York: Plume, 1995: 224-225.

④ Castillo, Ana. Massacre of the Dreamers: Essays on Xicanisma [M]. New York: Plume, 1995: 145.

⑤ Castillo, Ana. Massacre of the Dreamers: Essays on Xicanisma [M]. New York: Plume, 1995: 177.

第二节　奇卡诺精神的混血性

卡斯特罗小说中信奉的是具有变革能力和创造力的真实讲述。萨尔瓦多认为这是奇卡诺叙述的特征之一。

在叙述过程中，作者强调对印第安和混血传统的复原和恢复。很明显，思想精神指导行为，信念和行动之间必定存在着某种联系，正如在尼加拉瓜，基督教徒都愿意参加革命是因为他们的思想引领着他们的行动。奇卡诺人精神的混血性使精神与物质之间产生了具体的连接，也在指导他们的政治行动。但这里精神的混血并不来自于对基督教的重新阐释，而是来自宗教中的本土因素和基督教因素的结合①。

在美洲，对土著信念的长久坚持不仅来自于物质存在，也来自土著人口在认知世界及自我的过程中对信念的不懈坚持。而将基督教和土著信仰结合在一起可以让人们以更多元的方式看待和认知世界。

虽然在卡斯特罗《如此远望上帝》这部小说中体现出许多宗教汇合和类并，这让精神上的混血性成为可能，但它并没有采取融合的视角看待精神性。那意味着，它并不是将不同的精神和宗教实践统一成一个或者合并成一个，而是要将不同的传统和实践并存，置于同一世界中，成为这个世界多重主体性的不同方面。这也可以理解成跨国主义世界观的体现。这种混血性既不是同化性质的，也不是破坏性质的，不同宗教的交织是社会变化的重要场所。混血是承认彼此的异质性，并在一定空间内不断协调共存。

天主教在奇卡诺文化中扮演着重要的角色，"教堂不仅是宗教阵地，也是文化场所"②。正如卡斯特罗在采访中所说："虽然我从十八岁起就不再信奉天主教，但天主教已经深深植根于我的文化、我的思想，它对我的影响颇

---

① Theresa, Delgadillo. Forms of Chicana Feminist Resistance: Hybrid Spirituality in Ana Castillo' So far from God [J]. Modern Fiction Studies, 1998, 44（4）: 888-916

② Mullen, Harryette.A Silence between Us like a Language: The Untranslatability of Experience in Sandra Cisneros's Woman Hollering Creek [J] .MELUS, Vol. 21, No. 2, Varieties of Ethnic Criticism, 1996: 15.

深。"[1]卡斯特罗的确有较强的宗教意识，在她的文章《美洲女神》（*Goddess of the Americas/La Diosa de las Americas*，1996）中，她从多重角度解读瓜达卢佩圣母，女性主义的角度、民族文化的角度、左翼思想的角度、性欲的角度，等等。她声称："我的目标就是要得到教会的通谕——如果不是从教皇那儿得到，也要从主教那里得到，希望他们视其为禁书。如果有人说任何一个天主教徒都不应该读它，那么我认为这是对这本书最好的宣传。"[2]这就是卡斯特罗公开对抗主流社会宗教的政治宣言。因此卡斯特罗挑战的二元论不仅包括贞洁女子与荡妇，精神与肉体，还包括宗教等级制度与日常生活规范。在《如此远离上帝》中，她将宗教融入人的精神、性和日常生活中来，宗教色彩几乎充斥着整部作品。

安娜·卡斯特罗的作品《如此远望上帝》（1993年）主要描述的是奇卡纳作为被动受压迫的群体，如何在男权社会和等级制度严格的教会对抗强权的故事。在这部小说中，我们可以看到作者作为奇卡纳人在精神层面、形而上学层面，乃至宗教层面所做的巨大努力。最终是要证明，伴随着政治对抗和文化对抗，女性可以成为社会变革的主体。

《如此远望上帝》讲述的就是索菲（Sofi），一位单亲妈妈独自抚养四个女儿的故事。索菲有四个女儿，埃斯佩朗莎（Esperanza）、凯瑞达德（Caridad）、费（Fe）和洛卡（La Loca）。埃斯佩朗莎是一名政治活动家和记者，凯瑞达德最开始是位护士的助手，最终成为一位治疗者。费，一个被抛弃的新娘，后来成为工厂工人，最后死于工作中的身体伤害。洛卡是个圣徒、隐士，也是一个治愈者。

索菲出生在传统的墨西哥家庭，虽然在结婚前是长辈们的掌上明珠，但她的婚姻却是一个噩梦。她嫁的人变成一个赌徒，婚后不久，便不见了踪影，一走就是二十年，只留下一封信和五十美元的支票，还有四个孩子。为了赌博，丈夫多明哥卖掉了家里所有值钱的东西，"他典当了曾祖母在结婚

---

① 　Elsa Saeta, Ana Castillo. A MELUS Interview: Ana Castillo [J] .MELUS, Vol. 22, No. 3, Varieties of Ethnic Criticism, 1997: 134.

② 　Baker, Samuel. Ana Castillo: The Protest Poet Goes Mainstream [J] . Publishers Weekly 12, 1996: 60.

那天送给她的传家宝项链和父亲在成人礼那天送她的蓝宝石戒指"①，甚至卖掉了家里的大部分土地。土地对家庭的意义极其重大，它不仅是支持家庭生活的重要来源，也是身份的象征，很多美国西南部的墨西哥裔美国人祖孙几代都生活在同一片土地上。"土地对于重建人们的群体感至关重要。人们在土地上耕作，不仅建立了人与人之间的关系，还建立起与祖先和历史的联系。他们之间的联系是建立在土地这个物质实体之上的。"②这是"土地和文化意识之间的相互联系"③，而索菲只剩下一栋房子，失去了土地，她也似乎丧失了与历史，与传统的联系。但艰难的生活境遇并没有将索菲打倒，她反而变得更加坚强，与四个女儿相依为命，在贫苦的窘境中挣扎，最终成为政治斗争中的女勇士。

索菲亚的四个女儿在小说中也都是有着一定寓意的人物。凯瑞达德的名字在基督教中意味着慈善与宽容，心中充满了宽容，她的伤口也能奇迹般地愈合了。"凯瑞达德总是那么宽容，她有信念和希望，很快，她用她的智慧将自己治愈。"④

费（Fe），这个名字是"Faith"的缩写，在基督教中意味着信念，但在故事中，这是最具讽刺含义的版本。美国梦是费信仰中最重要的，她一直想要融入美国白人的社会，也因为此，她一直坚持她纯粹的西班牙种族性，而拒绝她背后的土著文化背景，因为对她而言，这是一切尴尬的来源。当她的梦想破碎后，她完全失去了自我。当未婚夫与她解除订婚后，她甚至完全陷入精神崩溃，最终她的声带也遭受到永久性的损伤。身体上的伤害也再次让她失去了工作中的晋升机会。当然，这也可能是白人上司堂而皇之的借口。后来，她又结识了新的男友，在婚礼上，只有他的父母参加了他们的婚礼，而她的姐妹们，不是在门口偷偷窥探，就是完全心不在焉。最终，费终于在她的美国梦中醒来，意识到她的美国梦根本就不存在。她找到的工作是处理有毒的化学物质，

---

① Castillo, Ana.So Far From God [M]. New York: W.W.Norton &Company, 1994: 105.

② Toyosato, Mayumi. Grounding Self and Action: Land, Community, and Survival in I.Rigoberta Mentru. No telephone to heaven and So Far From God [J]. Hispanic Journal 19: 2, 1998: 306.

③ Toyosato, Mayumi. Grounding Self and Action: Land, Community, and Survival in I.Rigoberta Mentru. No telephone to heaven and So Far From God [J]. Hispanic Journal 19: 2, 1998: 295-311.

④ Castillo, Ana.So Far From God [M]. New York: W.W.Norton &Company, 1994: 56.

实际上，正是这个美国梦让她没有了性命。她一直生活在虚幻的理想中，是美国资本主义社会的受害者而已。可以说，费的境遇是当代奇卡纳生存状态的典型代表。

费在小说中是个特别的人物，在这四姐妹当中，她有着对美好生活的憧憬，她刻意远离传统的墨西哥家庭，试图在美国的大家庭中寻找一席之地，但现实不断打破她的梦想。美国梦本是她终身追求的目标，但也正是这个梦想让她跌进了无底深渊。深陷痛苦的费也正是在家中，在亲人的治疗和陪伴中不再呼喊，是家庭给了她自愈的力量和重生的希望。反观费的生命轨迹和价值观，不难发现，她与传统家庭的疏离已经注定了她的命运。卡斯特罗在这里要传递的价值观念就是只有在墨西哥传统文化中寻找力量的源泉，才是她应该追寻的"民族梦"。

在四个女儿当中，最大的女儿叫埃斯佩朗莎，有"希望"之意。她可以说是作者的自画像。埃斯佩朗莎接受了良好的教育，有强烈的政治意识，清醒地评估她原有的文化传统。但在20世纪60年代的奇卡诺运动当中，她却因为运动中的男性主导而备受打击，作为一个有价值的个体，她自觉不应该被排除在这个种族之外。她是电视台的新闻记者，作为家中的大姐，她对姐妹的影响意义深远。她引领她的姐妹要有更强的自主意识和政治意识。虽然反对战争，但却又不敢失去工作机会，她最终死在了伊拉克。虽然死在异国他乡，但"她的灵魂回到了家乡，她依然传达着她对战争和政治的态度"①。

小说中有两个最重要的场景，一个是洛卡的复活，一个是奇玛约教堂的朝圣，都在传递天主教与土著宗教之间的协调与冲突。

首先，洛卡的死亡和她的葬礼是强有力的开篇场面，对故事的发展方向起到重要的指引作用。在基督教中有耶稣的复活，而在这个小说中，也有洛卡的复活，她的复活象征着奇卡纳力量的复活。

《如此远离上帝》的开篇就是这个扣人心弦的突发事件。索菲的小女儿洛卡突然"死去"，在教堂外面，众人见证着洛卡的送葬仪式。但此时却发生了奇迹，洛卡在牧师的祈祷中，居然奇迹般地"复活"了（后来被证实是癫痫病发作导致的昏迷），这个"已经"死去了的三岁女孩突然从棺材中坐起，

---

① Castillo, Ana. So Far From God [M]. New York: W.W.Norton &Company, 1994: 163.

"棺材盖被推开，里面的小女孩坐了起来，好像刚从睡梦中醒来一样，那么甜美，揉着眼睛，打着哈欠……"①众目睽睽之下，从死亡到复活，从懵懂无知的孩童到拯救灵魂的圣者，戏剧化的开始不仅为小说的发展定下了基调，预示着故事发展的方向和奇卡纳姐妹们生命轨迹的转变，也是对宗教等级制度的公开挑战。

洛卡"复活"了，还飞到了教堂的屋顶上，神父大为吃惊："你到底是魔鬼使者还是带翅膀的天使？"②神父似乎不敢相信自己的眼睛，虽然死去的人能够复活具有正面和积极的意义，但神父已经强烈感觉到一种让人生畏的力量。那是美好和邪恶并存的预兆。更具讽刺意义的是，当不可思议的事情发生时，宗教观念仍然是他的思维方式，神父不仅想从洛卡那里得到明确的答案，还试图在宗教中找到它的合理性。

洛卡飞上屋顶，开始说话："上帝派我回来帮助你们所有人。为你们祈祷。……"③人群骚动起来，当神父质疑这可能并非上帝旨意时，索菲再次对他表示不满，她大喊大叫，用有力的拳头敲打着神父，"你怎么敢对我的孩子说这种话，……魔鬼是不会产生奇迹的，而这就是奇迹，是对一位心碎母亲的回答"④。

可以说，无论是母亲对丧女之痛的激烈反应还是小女孩奇迹般地复活都是对基督教及其教义的有力对抗。洛卡不再甘愿做社会的受害者，她的复活象征着奇卡纳力量的复苏。"她的出现和存在是对宗教理念的对抗和颠覆。"⑤母亲索菲在女性意识的觉醒过程中也扮演着强有力的角色，她的呼喊成为奇迹产生的导火索。她用自己的行动向奇卡纳和其他少数族裔妇女展示着她们本身存在的巨大力量。

卡斯特罗还试图通过数字的深刻含义展示人在信仰方面，除了基督教之外，还有其他信念的存在，两者可以共存，这也可以称之为精神的混血性。基

① Castillo, Ana.So Far From God [M] . New York: W.W.Norton &Company, 1994: 22.

② Castillo, Ana.So Far From God [M] . New York: W.W.Norton &Company, 1994: 23.

③ Castillo, Ana.So Far From God [M] . New York: W.W.Norton &Company, 1994: 24.

④ Castillo, Ana.So Far From God [M] . New York: W.W.Norton &Company, 1994: 23.

⑤ Delgadillo, Theresa .Forms of Chicana Feminist Resistance: Hybrid Spirituality in Ana Castillo's So Far From God [J] .Modern Fiction Studies 44.4 ,1998: 895.

督教和土著信仰的结合，让人们以更多元的方式看待和认知世界，两者的并存也可以让我们看到世界的不同侧面。这种跨国主义的混血思想与文化的相互交集是社会进步与变化的途径，也是社会变革的必经之路。

在基督教中，数字"三"有着特殊的内涵。圣父、圣子、圣灵，三位融通为一体，即"三位一体"的概念。但在《如此远离上帝》中，卡斯特罗坚持用数字"四"以求得与"三"的平衡。根据很多原始部落的文字记载，数字"四"是文学艺术中常用的数字，具有一定的象征意义。小说中，索菲有四个女儿，埃斯佩朗莎、凯瑞达德、费和洛卡。在四个女儿身上，她经历着生命的四部曲。在土著印第安人文化中，数字"四"也有特殊的含义，它代表着"宇宙的方向和气场，是各种元素，包括物质和精神元素平衡的象征"[①]。艾伦（Paula Gunn Allen）也通过多个例子证明了"四"这个数字在美国土著民族的宗教仪式中使用相当普遍。"数字'四'绝对是部落宗教生活中女性力量重要性的象征。"[②]因此，可以说，人们就在卡斯特罗"三"与"四"的平衡中将二者建立连接，并达到二者的共存状态。

第二，小说的另一个高潮是对奇玛约教堂的朝圣。这是作家描述的宗教汇合场面。它的英文是这样表述的：Pilgrimage to Tsimayo / Chimayo。在拼写上，它有两种写法，一个来源于天主教，一个来自土著文明。不统一的拼写是在展示天主教与土著传统之间的不同，也代表不同的文化和社会内涵。将两者并置而不是用一个取代另一个，表明作者意在创造文化共存环境的明确态度。（"Chimayo这个词很可能源于玛雅文明，它是一种可以建造木屋的黑色树木，也有些人认为它是来自美国新墨西哥州和亚利桑那州特瓦族印第安人的词，是一种薄薄的石头。"[③]）

在奇玛约教堂，天主教的神和土著宗教之神在这里同时接受朝拜，文中还强调了天主教对土著仪式的接受，"很多天主教徒都排队等候收取从小教堂

---

① Delgadillo, Theresa .Forms of Chicana Feminist Resistance: Hybrid Spirituality in Ana Castillo's So Far From God [J]. Modern Fiction Studies 44.4, 1998: 894.

② Allen, Paula Gunn. The Sacred Hoop: Recovering the Feminine in American Indian Traditions [M]. Boston: Beacon, 1992: 276.

③ Stanley, F.EI Portrero de Chimayo, New Mexico [M]. Nazareth, Texas: 1969: 4.

收集来的一小抔圣土"①。这圣土代表土著宗教中的治愈作用②。瓜达卢佩就是土著文化中的神话人物，但天主教对其也有所接受。虽然瓜达卢佩的形象后来出于政治目的被改写，但也意味着宗教的类并和汇合，宗教传统的汇聚并不是混血，而是汇合③。正是这样的汇合，汇合了跨越国界的两种文化，汇合了两种精神传统。

奇玛约大教堂（El Santuario de Chimayó）是美国新墨西哥州奇玛约的罗马天主教堂，是当时墨西哥重要的民族标志，是举世闻名的朝圣地。每年时逢圣周（复活节的前一周）、耶稣升天节和耶稣受难节，大概会有三十万天主教徒长途跋涉聚集到这里朝圣。毫无疑问，这里后来也成为美国重要的天主教徒朝圣地之一。奇玛约大教堂始建于1814—1816年间，它的来历源于埃斯基普拉斯（Our Lord of Esquipulas）的传说。相传，在1810年，一个男修道士在忏悔时发现一束奇怪的光，出于好奇，他开始找寻光的来源，发现这束光来自于地面，于是跪下来用手挖掘，神奇地发现了一个十字架，后来被命名为埃斯基普拉斯十字架（Nuestro Senor de Esquipulas）④。后来人们三度将这个十字架护送到周围的村落，但都莫名地消失，最终在现在的奇玛约教堂的地点被重新找到。这个十字架的神奇出现无疑承载着一定的使命，这里便成了土著印第安人的圣地，而后又成了天主教徒的圣地。当地人在这里修建了一个小教堂纪念它的被发现。（1816年被现在所在的教堂取代，1929年这个教堂被私人购买，成为天主教堂。）从此，人们纷纷不畏艰难，长途跋涉，徒步去那里朝圣，以示他们的虔诚。这是关于奇玛约教堂来历的最普遍说法。当然，关于它的来历还有美国土著印第安文明的版本，他们称奇玛约大教堂曾经是土著印第安人的神殿，有着奇迹般的治愈力量。

在《如此远离上帝》中"奇玛约朝圣"这段描写中，虽然奇玛约大教堂是天主教徒的朝圣地，但这里更强调天主教中融入的土著宗教的元素，从而使

---

① Castillo, Ana. So Far From God [M]. New York: W. W. Norton &Company, 1994: 75.

② Stanley, F.EI Portrero de Chimayo, New Mexico [M]. Nazareth, Texas: 1969: 4.

③ Delgadillo, Theresa .Forms of Chicana Feminist Resistance: Hybrid Spirituality in Ana Castillo's So Far From God [J]. Modern Fiction Studies 44.4 ,1998: 897.

④ Castillo, Ana.So Far From God [M]. New York: W.W.Norton &Company, 1994: 73.

它也成为土著墨西哥人或印第安人的圣地。而且，也正是土著宗教和天主教的汇合与融合使天主教中的土著宗教成分赋予了奇卡纳无穷的力量。

不可否认的是，在文中正是在多娜·费利西引领下的奇玛约朝圣之旅让凯瑞达德重获新生。以前凯瑞达德从未经历过任何宗教洗礼。"这是凯瑞达德的第一次朝圣，索菲在圣周的时候从没带女儿去过那儿。"①凯瑞达德与迈莫分手后，心灵的重创让她一蹶不振，原本凯瑞达德不懂得什么是恨，更不懂得爱，感情淡漠，但奇玛约之行却治愈和修复了凯瑞达德的情感能力。"凯瑞达德自从与迈莫分手之后，就再没有爱过，但现在她却爱上了耶稣受难节。这给她带来太多的惊喜，与之相比，周围的一切都变得黯然失色。"②

土著宗教与天主教的融合在文中还有更多表现。在奇玛约，凯瑞达德被圣殿中的一幅女神像深深吸引，"这是她所见过的最漂亮的女人……她一直什么也没做，只想着墙上的那个女人"③。"她有着深色的皮肤，像印第安人或墨西哥人，黑色的头发。结实的大腿……"④凯瑞达德对这个女人甚至达到了痴迷的程度，"她突然站起来，开始寻找她，没跟多娜·费利西说一句话，因为凯瑞达德知道自己忍受不了没有她……"⑤。很明显，画中的女人是有着印第安血统的墨西哥女人。这就是墨西哥血统和印第安传统的巨大力量。

在奇玛约之旅中，凯瑞达德还学会了做一名医师，在拯救自我的同时，拯救众生，因为多娜·费利西认为"在不公正的生活中，人很容易学会憎恨，但是拥有一颗感情丰富的心是作为一名医师必须要具备的能力"⑥。现在，凯瑞达德已经走出情感的低谷，这就是奇玛约圣土不可低估的治愈力量。

朝圣归来后，凯瑞达德有了完全不同的心境。她非常开心，显示出全新的面貌，这也成为她生命历程的新起点。"她开始打扫，大扫除，换了新的亚麻布，清洁厨房用品，清洗她的浴缸和马桶，哼着小调。早上五点，刚刚黎明

① Castillo, Ana. So Far From God [M]. New York: W.W.Norton &Company, 1994: 72.

② Castillo, Ana. So Far From God [M]. New York: W.W.Norton &Company, 1994: 73.

③ Castillo, Ana. So Far From God [M]. New York: W.W.Norton &Company, 1994: 75.

④ Castillo, Ana. So Far From God [M]. New York: W.W.Norton &Company, 1994: 79.

⑤ Castillo, Ana. So Far From God [M]. New York: W.W.Norton &Company, 1994: 79.

⑥ Castillo, Ana. So Far From God [M]. New York: W.W.Norton &Company, 1994: 77.

破晓，多娜·费利西敲凯瑞达德的门，'到底发生了什么？'费利西看见凯瑞达德手里拿着抹布，正要擦那威尼斯式的百叶窗。我睡不着，凯瑞达德开心地说。"①

从此，凯瑞达德走进了印第安传统，印第安传统成为她生活中的一部分，即使在梦境中也挥之不去。"我看见了海市蜃楼，总是做恶梦！刚才我就梦到被一个有着巨大翅膀的怪兽追赶，它好像一只巨大的鹰，但他有许多小的角——或许是个雌性动物——他/她穿着盔甲，而我竭尽所能飞起来逃离他/她的追赶，但最终撞到了电话线，坠落到地面。"②"鹰"无疑是墨西哥民族的典型象征，凯瑞达德就是在梦境与现实之间的挣扎中进行着自我的蜕变。

但不久，人们就又不见了凯瑞达德的踪影，费似乎是最理解她的人，从未因她的失踪而担心过，"她依然认为姐姐坚持离开人群与她对某一事物的迷恋有关"③。的确，凯瑞达德跑到了一个谁也找不到的山洞隐居。这并不是她对现实的逃避，而是对原始和自然的回归。凯瑞达德希望通过回归原始，回归传统重塑自我。

后来，她还是被人发现，发现她的人们内心充满了对凯瑞达德无限的好奇和崇拜。圣周到来时，人们没有去当地的小教区，而是对凯瑞达德隐居的山洞蜂拥而至。人们"希望得到她的祝福，而许多人也抱有治愈这样或那样疾病的美好愿望。不仅有西班牙语裔的天主教徒来看她，还有土著印第安人和基督教徒……"④。有人因为接受了她的祈福而无比荣幸，也有些人感恩她奇迹般地治愈了他们的疾病。"一个人说，当他看见她的时候，一个美丽的光环萦绕在她身体周围，就像瓜达卢佩女神一样。"⑤此时，凯瑞达德已经成为墨西哥传统文化中瓜达卢佩圣母的化身，成为土著宗教的代言人。人们对凯瑞达德的膜拜也在暗指他们对墨西哥传统文化的认可。

---

① Castillo, Ana.So Far From God [M]. New York: W.W.Norton &Company, 1994: 80.
② Castillo, Ana.So Far From God [M]. New York: W.W.Norton &Company, 1994: 81.
③ Castillo, Ana.So Far From God [M]. New York: W.W.Norton &Company, 1994: 89.
④ Castillo, Ana.So Far From God [M]. New York: W.W.Norton &Company, 1994: 93.
⑤ Castillo, Ana.So Far From God [M]. New York: W.W.Norton &Company, 1994: 90.

　　天主教与土著印第安宗教的融合，或者说天主教对土著印第安宗教的接纳是奇玛约朝圣地的重要特征。虽然有人认为天主教对瓜达卢佩土著女神人物的接纳，或者说人们将瓜达卢佩与基督教中圣母玛利亚置于同等重要的地位有其政治动机，但更强有力的证据表明，虽然天主教徒对瓜达卢佩女神的崇拜是为了吸纳更多的印第安人信奉天主教，或是"天主教将象征被动和罪过的瓜达卢佩圣母文化原型强加给墨西哥妇女，以保证她们对男权理念的忠贞"①。但实际上，这也使"土著印第安人将他们本土的女神变成了天主教徒膜拜的对象"②。人们对凯瑞达德的膜拜达到了痴迷程度就足以证明这一点。

　　在印第安历史上，瓜达卢佩圣母形象有两个作用，一是吸纳印第安人皈依土著宗教，另一个就是唤起墨西哥人的民族意识，对抗西班牙的殖民统治，进行反抗的斗争。20世纪60年代，当美国民主运动风起云涌时，瓜达卢佩仍然是墨西哥人强有力的精神支柱。而这里，瓜达卢佩又在无意间实现了她另外一层价值，成为将天主教和土著宗教融合的工具，也成为嫁接两种宗教的桥梁。

　　回到现实生活后，凯瑞达德仍然经历了不敢面对自我的困境。当画中的女神出现在现实生活中，热切地望着凯瑞达德，希望得到她的回应时，凯瑞达德却不敢面对过去，这是她回归本土文化过程中的反复。"她一直盯着凯瑞达德的眼睛，希望凯瑞达德能够回应她的热情，但凯瑞达德却眼神呆滞，一片空白。"③她想尽办法打开凯瑞达德记忆的大门，但凯瑞达德却总是无动于衷，她说：

　　　　"我以为你就是我去年在奇玛约看见的那个人，但是我错了。……但无论如何，你就像我的一个姊妹……她是个印第安人，像我一样。我有着一半的印第安血统，我父亲是墨西哥人，我祖

---

① Saldívar, Ramón. Chicano Narrative: The Dialectics of Difference [M]. Madison: U of Wisconsin P, 1990: 191.

② Delgadillo, Theresa .Forms of Chicana Feminist Resistance: Hybrid Spirituality in Ana Castillo's So Far From God [J] .Modern Fiction Studies 44.4 ,1998: 898.

③ Castillo, Ana.So Far From God [M] . New York: W.W.Norton &Company, 1994: 92.

母告诉我的。我也不知道我妈妈是谁，她得了很严重的肝病去世了……我很久没有看见我的亲人了，我很想念他们……你不是印第安人，对吗？但是我感觉我们很早以前就认识……"①

凯瑞达德闭上双眼，"你真的不是去年我在奇玛约看见的那个女人吗？""是我。"②凯瑞达德经历了复杂痛苦的心路历程，热泪夺眶而出……此时，凯瑞达德终于完成了对印第安传统的回归。只有回归印第安历史和传统才能真正恢复爱与恨的能力，恢复对情感和生活的热情，得到了众人的认可。

印第安土著宗教中的萨满教还主张人与自然的高度融合。萨满巫师技术的精髓就在于强调自然万物的灵性，强调人与自然的关系，人与自然应当合二为一。《如此远离上帝》中的主人公，凯瑞达德、弗朗西斯科和多娜·费利西都在人与自然的融合中实践着土著宗教的精髓，惟此，他们才能在土著宗教和基督教的跳跃中保持自我，定位自我。

凯瑞达德隐居山洞生活也是回归自然的表现。实际上，人本身就来于自然，而不是高于自然的。当弗朗西斯科（Francisco）在山洞里找到凯瑞达德时，他们"听到思想女神（Tsichtinako）像风一般地大声呼唤，呼唤他们回来，不是继续朝着太阳和云朵的方向，而是应当降落到绵软潮湿的大地上来，只有在这儿，她们才能永远安全"③。大地和自然不是人类的葬身之地，而是"生命和生机的来源"④。

《如此远离上帝》中与自然融合最紧密的人物当属洛卡。洛卡的大部分时间并不是在室内度过的，而是在大自然里与动物度过的。"洛卡总是试着和它交朋友。她模仿孔雀走路的姿势，试图让孔雀开口说话，……"⑤动物的世界是非人类的社会，与大自然紧密联系。洛卡与动物的亲密关系也暗示着她与

① Castillo, Ana.So Far From God [M]. New York: W.W.Norton &Company, 1994: 95.

② Castillo, Ana.So Far From God [M]. New York: W.W.Norton &Company, 1994: 95.

③ Castillo, Ana.So Far From God [M]. New York: W.W.Norton &Company, 1994: 95.

④ Allen, Paula Gunn. The Sacred Hoop: Recovering the Feminine in American Indian Traditions. Boston: Beacon, 1992: 70.

⑤ Castillo, Ana.So Far From God [M]. New York: W.W.Norton &Company, 1994: 150.

自然的亲密关系。

洛卡"死"的时候三岁，索菲在半夜被五条狗、六只猫和四匹马的嘶鸣声吵醒，"在她们家，这些动物是可以随便出入的"①。当索菲听见动物的叫声，立即起床，才发现小女儿全身抽搐。这是人与动物之间的默契，而这种默契也贯穿小说始终。后来，也是在这些动物的提示下，家人才意识到凯瑞达德已经完全康复②。于是，自从洛卡"复活"后，她就开始远离人群，终日与动物为伍，在她的世界里，她只有与动物才能沟通，大自然才是她的家。

弗朗西斯科也是位具有强烈宗教信仰的人物。除了他的教母，他似乎对所有女人都失去了兴趣。弗朗西斯科的生活状态和心理状态着实让人担忧，他怪异的精神状态要追溯到他参与的越南战争。越南战争的服役经历让他的精神备受刺激，他几乎成了具有强烈优越感的白人女性在性经历过程中的实验品。"在星光下，她在他的身体上做爱，我们不能说，'与'他做爱，因为自从弗朗西斯科从战争中回来，一直处于麻木的状态。"③从此他的信念开始转变，他开始在自然界，在土著宗教中寻找力量。"他喜欢父亲的力量与坚韧，还有他的兄弟们（当然除了他的兄弟詹姆斯，他更习惯监狱里的生活）。他们都具有强烈的家庭观念，将他们的生活都投入到家里和土地上面。"④但他最喜欢叔叔佩罗（Petro），因为叔叔更喜欢维护祖先的宗教传统，也喜欢用"自然"之物雕塑圣人像。

弗朗西斯科也爱上帝，但上帝对他来说太伟大，也太遥远，在他的头脑中也没有固定和具体的影像。他不敢想象自己会与之发生任何直接的联系。直到有一天，他拿起手中的小刀，开始雕刻他生命中的第一个圣者像。"弗朗西斯科看见他叔叔做过很多次"⑤，但叔叔只是告诉他如何运用工具雕刻木材，却并没有指导他应该将这位圣者刻成什么模样，因为叔叔相信，对弗朗西斯科

---

① Castillo, Ana.So Far From God [M]. New York: W.W.Norton &Company, 1994: 95.

② Castillo, Ana.So Far From God [M]. New York: W.W.Norton &Company, 1994: 37.

③ Castillo, Ana.So Far From God [M]. New York: W.W.Norton &Company, 1994: 99.

④ Castillo, Ana.So Far From God [M]. New York: W.W.Norton &Company, 1994: 100.

⑤ Castillo, Ana.So Far From God [M]. New York: W.W.Norton &Company, 1994: 99.

而言，只有圣者本身才能指引他雕刻。

当弗朗西斯科和他的叔叔一起做圣人像时，他们选择的材质都源于自然。他们在树林里分别砍了一棵小松树，都是笔直上好的木材，"大概3英尺长，用石头将其打磨光滑"。没有经过太多的思索，弗朗西斯科就成功雕刻出第一个圣者像——圣者弗朗西斯阿撒西（Saint Francis of Assasi）。"三英尺高，像他一样瘦瘦的，似乎有些营养不良的修道士，手置于身前。"①

雕刻完毕之后就是上色，即使是上色的石膏也是来自天然的，来自"泥土、植物和大自然的煤炭"，而画笔也是由"丝兰叶、鸡羽毛和马毛捆束而成的"②。也就是说，制作圣人像的每一个材料都不是从店铺中买来的，而是来自于自然："太阳、空气、土壤"③，在制作过程中，他一直抱有敬畏之心，处于冥想和祈祷之中，"就像西班牙裔的祖先在三百年前来到这片陌生的土地，觉得离上帝如此遥远"④。这就是土著宗教中人与自然界的完美结合。

而多娜·费利西是体现宗教融合的最典型人物。她将天主教和本土的民族宗教结合在一起，形成了具有混血特征的宗教信仰。在费利西的童年，她并没有信仰，陪着妈妈去巫师那儿占卜时，她被拒之门外，原因就是她是个无信仰者。巫师说，"我必须让这个小女孩在外面等，她阻碍了我看待事物的能力。她的存在是如此强大——我认为她是个无信仰者，而我不能够专心"⑤。根据这位巫师的预测，她的妈妈将不久于人世，而事实证明，的确如此，妈妈很快过世了。但费利西仍然不相信这门宗教和信仰，仍然是个"无信仰者"，因为她看到周围笃信它的百姓依然过着贫苦的生活。但生活的悲剧还是不断发生，她的第一任丈夫在部队服役中去世，只留下她和两个孤单的孩子；她的第二任丈夫死于肺炎。二战期间，她参加了美国部队，成为一名护士，带着她的两个小儿子跟随部队去了欧洲，嫁给了一个法国兵，

---

① Castillo, Ana.So Far From God[M]. New York: W.W.Norton &Company, 1994: 101.

② Castillo, Ana.So Far From God[M]. New York: W.W.Norton &Company, 1994: 101.

③ Castillo, Ana.So Far From God[M]. New York: W.W.Norton &Company, 1994: 102.

④ Castillo, Ana.So Far From God[M]. New York: W.W.Norton &Company, 1994: 102.

⑤ Castillo, Ana.So Far From God[M]. New York: W.W.Norton &Company, 1994: 60.

又生了两个孩子。战争结束后，她却发现这个法国人已经又与其他女人结了婚。她孤单地回到了美国，在美国安了家。在此之后，她的小儿子十岁时遭人绑架，几个月后发现了尸体，而她的女儿在十九岁时遭到强奸，而后又被杀害。这一系列戏剧性的事件让没有信仰的费利西一无所有。

于是，她通过上帝赐予的力量投身于治疗的事业中来①。可以说，费利西对天主教的信仰"不是建立在习俗基础上，而是建立在生活过程中遇到的智者点拨的点滴智慧和知识当中"②。随着时间的推移，她的宗教信仰又发生了微妙变化，与当地的宗教发生了某种"妥协"③，"大多数情况下，费利西会在七点钟做弥撒，但现在也不像掌管钥匙和布置托姆教堂的圣神像那时那样固定了"④。在为病人医治过程中，她依然会祈祷上帝，因为"信奉圣母玛利亚也很好"⑤，但她不再仅仅信奉天主教，还信奉土著宗教，将萨满教中的治愈功能应用在治疗中。在给病人治病的过程中她要用到蜡烛，"原来，我用从教堂里拿回的蜡烛，但现在我用从商店里买来的蜡烛。如果能记起来，我就请牧师做一番祷告，如果不能，我就将其蘸在圣水中，一坛我曾经对之祈祷的圣水"⑥。以示对上帝的尊重。"一个小蜡烛放在患者身体的患病部位。点上蜡烛，然后用一个干净的玻璃杯罩在蜡烛上，你会看到它是如何将疾病抽取出去。这样的过程不断重复，直到病人得到缓解。"⑦实际上，医师的身份本身就是对土著文化和土著宗教认同的最好证明。瑞博里都（Tey Diana Rebolledo）也说，医师已经成为奇卡诺/纳作品中"强有力的人物"，医师角色的出现"不仅表明了具有神话和象征色彩的具有持久性的典型特质，还代表着对具有神秘和灵性色彩的传

---

① Castillo, Ana.So Far From God [M]. New York: W.W.Norton &Company, 1994: 62.

② Castillo, Ana.So Far From God [M]. New York: W.W.Norton &Company, 1994: 60.

③ Castillo, Ana.So Far From God [M]. New York: W.W.Norton &Company, 1994: 60.

④ Castillo, Ana.So Far From God [M]. New York: W.W.Norton &Company, 1994: 69.

⑤ Castillo, Ana.So Far From God [M]. New York: W.W.Norton &Company, 1994: 68.

⑥ Castillo, Ana.So Far From God [M]. New York: W.W.Norton &Company, 1994: 67.

⑦ Castillo, Ana.So Far From God [M]. New York: W.W.Norton &Company, 1994: 67.

统文化的认可"①。

费利西的宗教信仰让她对周围的人和事物倍加关注，也更注重人的精神洗礼，"一个医师不仅要掌握病人的身体状况，还要了解她的精神状况"②。在费利西看来，人有很多洗礼和恢复心态的方法，"精神清洗（cleansing）的作用就是在恢复人的平和心态，恢复清醒的头脑，直到他知道如何做才能改变他的命运"③。她更强调两种既方便又快捷的方法，即"清洁房子和清洁个人"④。这两种方法也再现了奇卡诺文化中对"家"这个概念的重视。

> "有时有人会带着不好的情绪来到我们家里，这也是为什么应该在门旁放上一坛清水。它可以吸收来访者的恶气。来访者离开时，记得再放一坛清水。如果这恶气一直存留在房间里，从此你就会觉得不舒服。并不是真的有什么污秽之气留在空中，而只是一种感觉。有时候你路过一个人坐着的地方就会起鸡皮疙瘩，有时你工作时一切安然无恙，但一到家就会一直哭，不能入睡。这都说明这是房子的问题而不是人的问题。"⑤

这就像如果一个人在家里过世，那么悲哀的气场就容易滞留在房间里，若想得到安宁，就要用盐、松油脂、熏香、蒜和洋葱等类似的物质驱逐房间里的污秽之气。"把一串蒜挂在房门旁边是很好的，它可以防止人的恶意进入房间，在房间周围喷洒圣水也是有帮助的，不需要一定要请牧师来做这件事。……但一定要记得要相信上帝，……"⑥正是大自然赐予的物质才能使清洁的过程达到最完美的效果。

---

① Rebolledo, Tey Diana. Women Singing in the Snow: A Cultural Analysis of Chicana Literature [M]. Tucson: University of Arizona Press, 1995: 83-84.

② Castillo, Ana.So Far From God [M]. New York: W.W.Norton &Company, 1994: 62.

③ Castillo, Ana.So Far From God [M]. New York: W.W.Norton &Company, 1994: 69.

④ Castillo, Ana.So Far From God [M]. New York: W.W.Norton &Company, 1994: 69.

⑤ Castillo, Ana.So Far From God [M]. New York: W.W.Norton &Company, 1994: 69.

⑥ Castillo, Ana.So Far From God [M]. New York: W.W.Norton &Company, 1994: 70.

虽然清洁房间是解决问题的根源，但对人的清洁更加重要。"给人洗礼（limpia）是件非常微妙的工作，因为这涉及人类的灵魂。"①而洗礼的过程也是"人站在屋子中央，胳膊伸展开来，形成十字架的形状"②。用芸香枝、迷迭香等植物捆缚成的扫帚打扫全身，用熏香和鸡驱赶身上的晦气和恶意。这些物质也都是来于自然界。正如费利西告诉凯瑞达德，"我们在治疗过程中需要的每一样东西都可以在自然界中找到"③。

医师的工作给予费利西坚定的信念，"只要医师的信念不动摇，就绝对可以保证可喜的效果——唯一可以阻止效果产生的就是上帝的旨意"④。

费利西宗教观念的混血性在她的生命轨迹中也得到预示。"她曾经是年轻的母亲，没什么文化，是个具有混合血统的孤儿。"⑤很多年过去了，她不仅学会了用西班牙语读书写字，还学会了法语和英语。"她常常将两种语言或三种语言混合起来，而且还能让所有人都能听懂。"⑥在费利西的日常生活中，她不断混杂着法语、西班牙语和英语，"实践着以天主教和土著宗教为基础的医学，成为混血身份的缩影"⑦。因此奇卡纳研究专家伊冯娜（Yvonne Yarbro-Bejarano）认为，卡斯特罗笔下的人物大多具有安扎杜尔定义的"女性混血意识"⑧，此论断也不无道理。费利西坚持的精神性和宗教性的混合与安扎杜尔的"新混血意识""对矛盾性的容忍"让人感到似曾相识，似乎只有让两者并存，创造具有混血性质的信仰才是解决问题的最好途径。

---

① Castillo, Ana.So Far From God [M]. New York: W.W.Norton &Company, 1994: 69.

② Castillo, Ana.So Far From God [M]. New York: W.W.Norton &Company, 1994: 70.

③ Castillo, Ana.So Far From God [M]. New York: W.W.Norton &Company, 1994: 68.

④ Castillo, Ana.So Far From God [M]. New York: W.W.Norton &Company, 1994: 63.

⑤ Castillo, Ana.So Far From God [M]. New York: W.W.Norton &Company, 1994: 60.

⑥ Castillo, Ana.So Far From God [M]. New York: W.W.Norton &Company, 1994: 60-61.

⑦ Luis Aldama, Frederick. Brown on Brown: Chicano/a Representations of Gender, Sexuality and Ethnicity [M]. Austin: University of Texas Press, 2005: 98.

⑧ Yarbro-Bejarano, Yvonne. The Multiple Subject in the Writing of Ana Castillo [J]. Americas Review 20.1（1992）: 65-66.

安扎杜尔认为墨裔美国人要学会"跳跃于文化之间"①，那么卡斯特罗在这里也要求我们在宗教的融合中求生存。诺曼·凯瑞（Norman Carey）说，"他们要颠覆和替代基督教话语中的核心人物基督，于是他们接受了具有'混合血统'的人物"②。想来，这也是两全其美的策略，卡斯特罗将安扎杜尔的"边土"的概念继续扩展，创造出了承认不同文化的异质性，强调文化间不同信念和体系的调和与沟通的新文化和新宗教。

---

① Anzaldúa, Gloria. Borderlands/La Frontera: The New Mestiza, 3rd edition [M]. San Francisco, Calif.: Aunt Lute Books, 2007: 101.

② Carey, Norman R. Comrade Jesus: Postcolonial Literature and the Story of Christ [C]. Postcolonial Literature and the Biblical Call for Justice. Ed. Susan VanZanten Gallagher. Jackson: UP of Mississippi, 1994: 171.

结　语

　　跨国民族主义本身是来自人类学的概念，20世纪90年代初期，人类学家席勒（Schiller）在研究移民现象时发现，现代的跨国移民行为已经不再是"一去不复返"了。跨国移民与母国维持着各种各样的密切联系，并且定期穿梭于母国和移民国之间。人类学学者对这一现象大为重视，认为当代的移民研究势必要超越传统的以民族和国家为中心的范式，从更广阔的全球视角来解读族群与文化的跨国流动现象。

　　实际上，奇卡诺人，也就是美国的墨裔群体，就是典型的对母国有着深厚感情的群体。墨西哥与美国密切的地缘关系和特殊的历史渊源让墨西哥人对母国有着难以割舍的眷恋，即使在这片原本属于他们的土地上成了美国人，但墨西哥文化一直是他们的心灵归属。于是，用跨国民族主义的视角解读奇卡诺文学就显得格外有深意，也让笔者有着强烈的探究愿望。它或许可以让人们看到在跨文化交融和文化适应等现象的背后，文化在跨国之间流动时涌现出的新思想。

　　奇卡诺文学是美国少数族裔文学中不可或缺的一个分支，也是美国拉美裔文学的重要组成部分，在全球化时代背景下，用跨国民族主义的视角看待当代奇卡诺文学，是一种全新的尝试。

　　奇卡诺文学中彰显出的"文化杂合"和"混血性"是它的重要特征之一，而文化混血一定是文化间不断交融的结果。奇卡诺民族有着文化杂合的历史渊源，历史的不断发展让他们的这一传统不断延续，从远古时期，到西班牙的殖民统治，再到近代的美墨战争，奇卡诺人一直经历着跨国跨民族的文化碰撞。而当今，在全球化发展的跨国主义时代，任何一种学科的研究都不可能是孤立的区域或地方研究，文学研究也是如此。正如美国研究须与美洲研究相关，那么奇卡诺文学研究也不仅要与美国相关，还要与拉丁美洲、与世界相关。此书的目的旨在立足于奇卡诺文学，运用跨国民族主义的视角，着力分析奇卡诺文学在全球化大环境下与美国乃至美洲的交流与互动的过程中，呈现出的新特点和新变化，审视在新的文化维度下，奇卡诺文学展现出来的文化政治和跨国身份认同体系。

在全球化经济进程中，经济和文化思潮之间相互依存，相互补充，都会对文学创作和研究产生影响。全球化已经成为传播文化身份的重要力量。跨国民族主义视角下的当代奇卡诺文学已经从民族的范畴走向了跨越民族与国家的领域。这样大背景下的奇卡诺文学也可视为一面镜子，映射出世界其他少数民族文学在全球化环境下应该具备的文化姿态。

参考文献

英文文献

[1] Alarcón Norma. Chicana Feminism: In the Tracks of "The" Native Woman. In Living Chicana Theory, ed. Carla Trujillo, 1998 [M]. Berkeley: Third Woman Press. First published in Cultural Studies 4 (3) (October, 1990).

[2] Allen, Paula Gunn. The Sacred Hoop: Recovering the Feminine in American Indian Traditions [M]. Boston: Beacon, 1992.

[3] Anaya, Rudolfo A "The Light Green Perspective: An Essay Concerning Multi-Cultural American Literature" [J]. MELUS 11, no. 1 (1984)

[4] Anaya, Rudolfo A. "The New World Man." In The Anaya Reader, [M] New York: Grand Central, 1995.

[5] Anderson, Benedict. Imagined Communities: Reflections on the Origin and Spread of Nationalism [M] London: Verso. 1991.

[6] Andres Gonzales Guerrero, Jr. The Significance of Nuestra Senora de Guadalupe and La Raza Cosmica in the Development of a Chicano Theology of Liberation [M]. Ann Arbor, MI: University Microfilms International, 1984.

[7] Anzaldua, Gloria. Borderlands/La frontera: The New Mestiza [M]. San Francisco: AuntLute Books. 1987.

[8] Anzaldua, Gloria and Cherrie Moraga, eds. This Bridge Called My Back: Writings by Radical Women of Color [M]. Watertown, MA: Persephone Press. 1981.

[9] Anzaldúa, Gloria, ed. Making Face Making Soul: Haciendo Caras: Creative and Critical Perspectives by Feminists of Color. San Francisco: Aunt Lute

Books, 1990

[10] Anzaldúa, Gloria. Border Crossings [J]. in: Trivia. New Amherst, 1989.

[11] Anzaldúa, Gloria. Metaphors in the Tradition of the Shaman [C]. Conversant Essays: Contemporary Poets on Poetry. Detroit: Wayne State University Press, 1990.

[12] Anzaldúa, Gloria. Speaking in Tongues: A Letter to 3rd World Women Writers [C]. in: Gloria Anzaldúa and Cherrie Moraga Ed. This Bridge Called My Back, 1991.

[13] Baker, Samuel. Ana Castillo: The Protest Poet Goes Mainstream [J]. Publishers Weekly 12, 1996.

[14] Basch, Linda G. , Nina Glick. Schiller, and Blanc Cristina. Szanton. Nations Unbound: Transnational Projects, Postcolonial Predicaments, and Deterritorialized Nation-states [S. l.]: Gordon and Breach, 1994.

[15] Bill Ashcroft, Gareth Griffiths, and Helen Tiffin (eds.), The Post-Colonial Studies Reader [M]. London : Routledge, 1995

[16] Brady, Mary Pat. Extinct Lands, Temporal Geographies: Chicana Literature and the Urgency of Space [M]. Durham: Duke UP, 2002.

[17] Carey, Norman R. Comrade Jesus: Postcolonial Literature and the Story of Christ [C]. Postcolonial Literature and the Biblical Call for Justice. Ed. Susan VanZanten Gallagher. Jackson: UP of Mississippi, 1994.

[18] Castillo, Ana. Massacre of the Dreamers: Essays on Xicanisma [M]. New York: Plume, 1995.

[19] Castillo, Ana. So Far From God [M]. New York: W. W. Norton &Company, 1994.

[20] Castillo, Debra. Border Theory and the Canon [C]. in Post-colonial Literatures: Expanding the Canon, ed. Deborah L. Madsen, London: Pluto Press, 1999. Central, 1995.

[21] Cathy N. Davidson and Linda Wagner-Martin. Sexuality and Ethnicity [M]. Austin: University of Texas Press, 2005.

[22] Chavez, John, The Lost Land: The Chicano Image of the Southwest [M]. Alburquerque: University of New Mexico Press. 1991

[23] Cisneros, Sandra. Woman Hollering Creek and Other Stories [M]. New York, Vintage. 1992

[24] Cisneros, Sandra. Caramelo, or Puro Cuerto: A Novel [M]. New York: Vintage, 2003.

[25] Cisneros, Sandra. Caramelo [M]. New York: Vintage, 2002.

[26] Cisneros, Sandra. The House on Mango Street [M]. 1984. New York: Vintage, 1991.

[27] Cooper Alarcón, Daniel. The Aztec Palimpsest: Mexico in the Modern Imagination [M]. Tucson: University of Arizona Press, 1997.

[28] Craft, Linda. "Testinovela / Telenovela: Latin American Popular Culture and Women's Narrathe" [J]. Indiana Journal of Hispanic Literatures, 1990.

[29] De Genova, Nicholas. Working the Boundaries: Race, Space, and Illegality in Mexican Chicago [M]. Durham: Duke UP, 2005.

[30] De la Torre and Pesquera. B. M. ed. Building with Our Hands: New Directions in Chicana Studies [M]. Berkeley, Calif. : University of California Press, 1993.

[31] Delgadillo, Theresa. Forms of Chicana Feminist Resistance: Hybrid Spirituality in Ana Castillo's So Far From God [J]. Modern Fiction Studies 44. 4 , 1998.

[32] Diane P. Freedman. Writing in the Borderlands: The Poetic Prose of Gloria Anzaldúa and Susan Griffin [C]. in: Perry, Linda M. , Turner, Lynn and Sterk, Helen, ed. Constructing and Reconstructing Gender: The Links Among Communication, Language and Gender. Albany: State University of New York Press, 1992.

[33] Dick, Bruce, and Silvio Sirias. Conversations with Rudolfo Anaya [M]. Jackson: University of Mississippi Press, 1998.

[34] Didier Jaén "Introduction" xvi, "Introduction. " ix-xxxiii. The Cosmic

Race: A Bilingual Edition [M]. Trans. Baltimore: Johns Hopkins UP, 1997

[35] Elsa Saeta, Ana Castillo. A MELUS Interview: Ana Castillo [J]. MELUS, Vol. 22, No. 3, Varieties of Ethnic Criticism, 1997.

[36] Enloe, Cynthia. Bananas, Beaches and Bases: Making Feminist Sense of InternationalPolitics [M]. London: Pandora. 1989

[37] Feroza Jussawella and Reed Way Dasenbrock, Interviews with Writers of the Post-Colonial World [M]. Jackson: University Press of Mississippi, 1992.

[38] Fisher Fishkin, S. 2005. Crossroads of Cultures: The Transnational Turn in American Studies– Presidential Address to the American Studies Association 12 November 2005. American Quarterly 57 (1).

[39] García, Alma M. Introduction to Chicana Feminist Thought: The Basic Historical Writings, ed. Alma M. García [M]. New York: Routledge. 1997.

[40] Garcia, Alma. ed. Chicana Feminist Thought: The Basic Historical Writings [M]. New York: Routledge, 1997.

[41] Gaspar de Alba et al. Malinchista, A Myth Revisited [C]. in A. Gaspar de Alba, D. Martinez, M. Herrera-Sobek (eds) Three Times a Woman, Tempe, Ariza Bilingual Press, 1989.

[42] Gonzalez, Bill Johnson. "The Politics of Translation in Sandra Cisneros's Caramelo." [J]. differences: A Journal of Feminist Cultural Studies 17. 5 (2006). Print.

[43] González, John Morán, Transnational Field Imaginaries and the Transformation of Chicano/a Literary Studies * American Literary History, Oxford University Press. vol. 26, no. 3, 2014.

[44] Gonzales, Rodolfo "Corky", EL plan espiritual de Aztlan: In Aztlan Essays on the Chicano Homeland [M]. eds. Rudolf. A. Anaya and Francisco A. Lomelí, 1989. Albuquerque: University of New Mexico Press.

[45] Gutierrez, Ramon A. Community, Patriarchy and Individualism: The Politics of Chicano History and the Dream of Equality [J]. American Quarterly, 1993 (1).

[46] Heredia, Juanita. Transnational Latina Narratives in the Twenty-First Century: The Politics of Gender, Race, and Migrations [M]. New York: Palgrave Macmillan, 2009.

[47] Hollinshead K, Coles T, Timothy D J. Tourism and third space populations - the restless motion of diaspora peoples [M]. 2004.

[48] Homi K. Bhabha, "DissemiNation: Time, Narrative, and the Margins of the Modern Nation," in Bhabha (ed.), Nation and Narration [M]. London: Routledge, 1990.

[49] Hutcheon, Linda. A Poetics of Postmodernism [M]. New York and London: Routledge, 1988.

[50] Ignacio Garcia, Chicanismo: The Forging of a Militant Ethos [M]. Tucson: University of Arizona Press. 1997.

[51] Ikas, Karin Rosa. Gloria Anzaldúa: Writer, Editor, Critic, and Third-World Lesbian Women-of-Color Feminist [C]. in: Ikas, Karin, ed. Chicana Ways: Conversations with Ten Chicana Writers. Las Vegas: University of Nevada Press, 2002.

[52] Jacobs, Elizabeth. Mexican American Literature: the Politics of Identity. [M]. New York: Routledge, 2006.

[53] Jacobs Elizabeth. U. S. Latino Literatures and Cultures: Transnational Perspectives, by A. Lomelí; Karin Ikas [M]. Universitätsverlag Winter, 2002.

[54] Johnson, David, and David Apodaca. "Myth and the Writer: A Conversation with Rudolfo Anaya." In Conversations with Rudolfo Anaya, edited by Bruce Dick and Silvio Sirias, [M]. Jackson: University Press of Mississippi. 1998.

[55] Keating, Ana Louise. Women Reading Women Writing: Self-Invention in Paula Gunn Allen, Gloria Anzaldúa and Audre Lorde [M]. Philadelphia: Temple University Press, 1996.

[56] Kirsten Silva Gruesz: Ambassadors of Culture: The Trans-American Origins

of Latino Writing [M]. Princeton, NJ: Princeton University Press, 2001.

[57] Leal, Luis. Mexican American Literature: A Historical Perspective [J]. In Modern Chicano Writers, ed. Joseph Sommers and Tomas Ybarra-Frausto, NJ: Prentice Hall, 1979.

[58] Levitt, Peggy, and Nina Glick Schiller. "Conceptualizing Simultaneity: A Transnational Social Field Perspective on Society" [J]. International Migration Review 38. 3 (2004).

[59] Levy Daniel and Natan Sznaider. "Memory Unbound: The Holocaust and the Formation of Cosmopolitan Memory" [J]. European Journal of Social Theory, Volume 5, Issue 1. 2002.

[60] Limón, Jose E. La Llorona, the Third Legend of Greater Mexico: Cultural Symbols, Women, and Political Unconscious [C]. Paper presented in the Renato Rosaldo Lecture Series, University of Arizona, 1985.

[61] Lionnet, Françoise. "The Politics and Aesthetics of Métissage. " Autobiographical Voices. Race, Gender, Self-Portraiture. Ithaca and London: Cornell UP, 1989. "Logiques métisses: Cultural Appropriation and Postcolonial Representations. " Postcolonial Representations. Women, Literature, Identity. Ithaca and London: Cornell UP, 1995.

[62] López, A. M. "The Melodrama in Latin America. Films, Telenovelas and the Currency of a Popular Ferm" [J]. Wide Angle, 1985: 7.

[63] López, Marissa K. Chicano Nations: The Hemispheric Origins of Mexican American Literature [M]. New York University Press. 2011.

[64] Luis Aldama, Frederick. Brown on Brown: Chicano/a Representations of Gender, Sexuality and Ethnicity [M]. Austin: University of Texas Press, 2005.

[65] Lutz, Tom. Cosmopolitan Vistas: American Regionalism and Literary Value, [M]. Cornell University Press, Ithaca, NY: Cornell University Press, 2004.

[66] Maciel D, Ortiz I D, Herrera-Sobek M. Chicano Renaissance: contemporary cultural trends [M]. University of Arizona Press, 2000.

[67] Madsen, Deborah L. Understanding Contemporary Chicana Literature [M]. South Carolina: University of South Carolina Press, 2000.

[68] Mangion, Claude. "Nietzsche's Philosophy of Myth." Academia. edu. Accessed January 29. http: //www. academia. edu/197368/Nietzsches_ Philosophy_of_Myth. 2015

[69] Maria Herrera-Sobek and Helena Maria Viramontes. Chicana Creativity and Criticism: New Frontiers in American Literature [M]. Mexico: Irvine Mexico University of California, 1988.

[70] Martin-Barbero J. Memory and Form in the Latin American Soap Opera, in ALLEN, R. C. (ed.) [M] 1995.

[71] McBride-Limaye, Ann. Metamorphoses of La Malinche and Mexican Cultural Identity [J]. Comparative Civilizations Review, 1988 (19).

[72] McGurl, Mark. The Program Era: Postwar Fiction and the Rise of Creative Writing [M]. Cambridge: Harvard UP, 2009.

[73] Mclintock, A. , Mufti, A. and Shohat, E. eds. Dangerous Liasons: Gender, Nation and Postcolonial Perspectives [C]. Minneapolis, Minn. : University of Minnesota Press, 1997.

[74] Mermann-Jozwiak E. Transnational Latino/a writing, and American and Latino/a studies [J]. Latino Studies, 2014, 12 (1).

[75] Milligan, Bryce. An Interview with Ana Castillo [J]. South Central Review, Vol. 16, No. 1. 1999.

[76] Mognolo, Walter. Local Histories/Global Designs: Coloniality, Subaltern Knowledge, and Border Thinking [M]. Princeton, N. J. : Princeton UP, 2000.

[77] Montaldo G. Transamerican Literary Relations and the Nineteenth-Century Public Sphere by Anna Brickhouse [J]. Studies in American Fiction, 2006, 33 (1)

[78] Moraga, Cherrie. Loving in the War Years [M]. Boston: South End Press, 1983.

[79] Moya, P. and R. Saldívar. Fictions of the Trans-Atlantic Imaginary [J]. Modern Fiction Studies 2003. 49 (1)

[80] Mullen, Harryette. A Silence between Us like a Language: The Untranslatability of Experience in Sandra Cisneros's Woman Hollering Creek [J]. MELUS, Vol. 21, No. 2, Varieties of Ethnic Criticism, 1996.

[81] Nash, June. The Aztec and Ideology of Male Dominance [C]. Signs, 1978.

[82] Natalia Villanueva Nieves, Transnationalism and Chicana Literature: Transnational Perspectives and the Representation of Transnational Phenomena in three Chicana Narratives. ReMA Thesis [D]. Utrecht University, 2010.

[83] Neate, Wilson. Tolerating Ambiguity: Ethnicity and Community in Chicano/a Writing [M]. Many voices, vol. 3. New York: Peter Lang, 1998.

[84] Nelson, Linda. After Reading: Borderlands/La Frontera [C]. in: Trivia. New Amherst: Spring 1989.

[85] Parkinson. Introduction: Moveable Boundaries—Public Definitions and Private Lives [C]. in: Zamora, Lois Parkinson, ed. Contemporary American Women Writers: Gender, Class, Ethnicity. New York: Longman, 1998.

[86] Paz, Octavio. the Sons of La Malinche [C]. trans. Lysander Kemp, rpt. in Goddess of the Americas: Writings on the Virgin of Guadalupe, ed. Ana Castillo, New York: Riverhead Books, 1996.

[87] Perez-Torres, Rafael. "Alternate Geographies and the Melancholy of Mestizaje." Minor Transnationalism [M]. eds. Lionnet, Francoise and Shu-mei Shih. Durham and London: Duke UP, 2005.

[88] Perez-Torres, Rafaels. Movements In Chicano Poetry: Against Myths, Against Margins [M]. New York: Cambridge University Press, 1995.

[89] R. Romo & R. Paredes Eds. New Directions in Chicano Scholarship [M]. Austin: The University of Texas, 1977.

[90] Rebolledo, T. D. ed. Women Singing in the Snow: A Cultural Analysis of Chicana Literature [M]. Tucson, Ariz. : University of Arizona Press, 1995.

［91］Reuman, Ann E, Anzaldúa Gloria E. Coming into Play: An Interview with Gloria Anzaldúa［J］. MELUS, Vol. 25, No. 2, Latino/a Identities, 2000.

［92］R. S. Shama, "Interview with Rudolfo Anaya" Prairie［J］Schooner 68. 4 （Winter 1996）

［93］Rudolfo Anaya, Bless me, Ultima［M］. New York: Warner Books, 1994.

［94］Saldívar, J. D. The Dialectics of Our America: Genealogy, Cultural Critique, and Literary History［M］. Durham, NC: Duke University Press. 1991.

［95］Saldívar, José David. Border Matters: Remapping American Cultural Studies ［M］. Berkeley, L. A. and London: UC P, 1997.

［96］Saldívar, José David. Trans-Americanity: Subaltern Modernities, Global Coloniality, and the Cultures of Greater Mexico Durham, NC: Duke University Press, 2012.

［97］Saldívar, José David. Border Matters: Remapping American Cultural Studies ［M］. Berkeley: U of California P, 1997.

［98］Saldívar, Ramón. Chicano Narrative: The Dialectics of Difference［M］. Madison, WI: The University of Wisconsin Press, 1990.

［99］Saldívar-Hull, Sonia. Feminism on the Border: Chicana Gender Politics and Literature［M］. Berkeley: University of California Press, 2000.

［100］Sandoval, Chela. Mestizaje as Method: Feminists-of-Color Challenge the Canon. In Living Chicana Theory, ed. Carla Trujillo［M］. Berkeley: Third Woman Press. 1998.

［101］Socolovsky, Maya. Troubling Nationhood in U. S. Latina Literature: Explorations of Place and Belonging. ［M］New Brunswick: Rutgers UP, 2013.

［102］Stanley, F. EI Portrero de Chimayo, New Mexico［M］. Nazareth, Texas: 1969.

［103］Steele, Cassie Premo. We Heal from Memory: Sexton, Lorde, Anzaldúa, and the Poetry of Witness［M］. New York: Palgrave, 2000.

［104］Tanya Yukling Kam. Women on the Edge: Autobiographical Selves and the

Lure of the Boundary in the Twentieth-Century U. S. Literature [D]. Santa Cruz: University of California, 2003.

[105] Taylor, Ronald L. Ed. A Multicultural Perspective [M]. 3rd ed. New York: Prentice Hall, 1998.

[106] Tereza Kynclová, Constructing Mestiza Consciousness-Gloria Anzaldúa's Literary Techniques in Borderlands/ Frontera—the New Mestiza, Charles University, Czech Republic, Human Architecture: Journal of the Sociology of Self-knowledge, IV, Special Issue, summer 2006.

[107] Tereza M. Szeghi , Weaving Transnational Cultural Identity through Travel and Diaspora in Sandra Cisneros's Caramelo [J]. MELUS: Multi-Ethnic Literature of the U. S. , Oxford University Press. Volume 39, Number 4, Winter 2014.

[108] The University of Wisconsin Press, 1990.

[109] Theresa, Delgadillo. Forms of Chicana Feminist Resistance: Hybrid Spirituality in Ana Castillo' So far from God [J]. Modern Fiction Studies, 1998, 44 (4).

[110] Todorov, Tzvetan. The Conquest of America: The Question of the Other, trans. Richard Howard, 2nd edition. University of Oklahoma Press, 1999.

[111] Torres, Hector A. In Context: Gloria Anzaldúa's Borderlands/ La Frontera: The New Mestiza [C]. in: Braum, Harold Augen and Olmos, Margarite Fernndez, ed. U. S. Latino Literature: A Critical Guide for Students and Teachers. NewYork: Greenwood Press, 2000.

[112] Toyosato, Mayumi. Grounding Self and Action: Land, Community, and Survival in I. Rigoberta Mentru. No telephone to heaven and So Far From God [J]. Hispanic Journal 19: 2, 1998.

[113] Vazquez, David J. Triangulations: Narrative Strategies for Navigating Latino Identity [M]. Minneapolis: University of Minnesota Press, 2011.

[114] Viramontes, María Helena. The *Cariboo Cafe* [M]. New York: Penguin, 1985.

［115］Walter, Roland. Magical Realism in contemporary Chicano Fiction （Frankfurt/M. ：Vervuert Verlag, 1993）14.

［116］Watts, Brenda. Aztlan as a Palimpsest：from Chicano Nationalism toward Transnational Feminism in Anzaldua's Borderlands［J］. Latino Studies 2004, 2.

［117］Wide Angle, （1985）. "Our Welcomed Guests. Telenovelas in Latin America", in ALLEN, R. C. （ed. ）1995.

［118］William Orchard, Yolanda Padilla , Bridges, Borders, and Breaks：History, Narrative, and Nation in Twenty-First-Century Chicana/o Literary Criticism. ［M］Pittsburgh：University of Pittsburgh Press, 2016.

［119］Yarbro-Bejarano, Yvonne. The Multiple Subject in the Writing of Ana Castillo［J］. Americas Review 20. 1（1992）.

［120］Zalfa Feghali, Re-articulating the New Mestiza, Journal of International Women's Studies, Volume 12 Issue 2, Winning and Short-listed Entries from the 2009 Feminist and Women's Studies Association Annual Student Essay Competition mestizaje, Mar-2011.

中文文献

［1］埃默里·埃利奥特. 哥伦比亚美国文学史［M］. 朱通伯, 译. 成都：四川辞书出版社, 1994.

［2］陈奕平. 当代美国西班牙裔人口的变动特点及其影响［J］. 世界民族, 2002.

［3］黄心雅. 奇哥娜·边界·阶级［J］. 欧美研究, 2005（2）：279-322.

［4］毛爱华, 王春芝. 拉丁美洲国际移民现状研究［J］. 鲁东大学学报, 2006（3）：17-21.

［5］塞缪尔·亨廷顿. 我们是谁［M］. 北京：新华出版社, 2005.

［6］张善余. 世界人口地理［M］. 上海：华东师范大学出版社, 2002.